RABINDRANATH TAGORE

Selected Poems

泰戈尔经典诗选

[印] 泰戈尔 著 冰心 郑振铎 译

上海文艺出版社

图书在版编目(CIP)数据

泰戈尔经典诗选/(印)泰戈尔著;冰心,郑振铎译.—上海:上海文艺出版社,2017
(企鹅经典丛书)
ISBN 978-7-5321-6329-8

Ⅰ.①泰… Ⅱ.①泰… ②冰… ③郑… Ⅲ.①诗集-印度-现代 Ⅳ.①I351.25

中国版本图书馆 CIP 数据核字(2017)第 103341 号

Rabindranath Tagore
Selected Poems

Simplified Chinese Copyright © Shanghai 99 Culture Consulting Co., Ltd. 2017

"企鹅经典"丛书由上海文艺出版社联合上海九久读书人文化实业有限公司及企鹅图书有限公司共同策划。

"企鹅"、🐧® 和相关标识是企鹅图书有限公司已经注册或者尚未注册的商标。未经允许,不得擅用。

总 策 划:黄育海 陈 征
责任编辑:李珊珊
特约策划:邱小群
封面绘图:杨 猛
封面设计:汪佳诗

泰戈尔经典诗选
〔印〕泰戈尔 著
冰心 郑振铎 译
上海文艺出版社出版、发行
地址:上海绍兴路74号
新华书店经销 上海利丰雅高印刷有限公司印刷
开本890×1240 1/32 印张12 插页2 字数161,000
2017年8月第1版 2017年8月第1次印刷
ISBN 978-7-5321-6329-8/I·5052 定价:49.00元

企鹅经典丛书
出版说明

　　这套中文简体字版"企鹅经典"丛书是上海文艺出版社携手上海九久读书人与企鹅出版集团（Penguin Books）的一个合作项目，以企鹅集团授权使用的"企鹅"商标作为丛书标识，并采用了企鹅原版图书的编辑体例与规范。"企鹅经典"凡一千三百多种，我们初步遴选的书目有数百种之多，涵盖英、法、西、俄、德、意、阿拉伯、希伯来等多个语种。这虽是一项需要多年努力和积累的功业，但正如古人所云：不积小流，无以成江海。

　　由艾伦·莱恩（Allen Lane）创办于一九三五年的企鹅出版公司，最初起步于英伦，如今已是一个庞大的跨国集团公司，尤以面向大众的平装本经典图书著称于世。一九四六年以前，英国经典图书的读者群局限于研究人员，普通读者根本找不到优秀易读的版本。二战后，这种局面被企鹅出版公司推出的"企鹅经典"丛书所打破。它用现代英语书写，既通俗又吸引人，裁减了冷僻生涩之词和外来成语。"高品质、平民化"可以说是企鹅创办之初就奠定的出版方针，这看似简单的思路中植入了一个大胆的想象，那就是可持续成长的文化期待。在这套经典丛书中，第一种就是荷马的《奥德赛》，以这样一部西方文学源头之作引领战后英美社会的阅读潮流，可谓高瞻远瞩，那个历经磨难重归家园的故事恰恰印证着世俗生活的传统理念。

经典之所以谓之经典，许多大学者大作家都有过精辟的定义，时间的检验是一个客观标尺，至于其形成机制却各有说法。经典的诞生除作品本身的因素，传播者（出版者）、读者和批评者的广泛参与同样是经典之所以成为经典的必要条件。事实上，每一个参与者都可能是一个主体，经典的生命延续也在于每一个接受个体的认同与投入。从企鹅公司最早出版经典系列那个年代开始，经典就已经走出学者与贵族精英的书斋，进入了大众视野，成为千千万万普通读者的精神伴侣。在现代社会，经典作品绝对不再是小众沙龙里的宠儿，所有富有生命力的经典都存活在大众阅读之中，它已是每一代人知识与教养的构成元素，成为人们心灵与智慧的培养基。

处于全球化的当今之世，优秀的世界文学作品更有一种特殊的价值承载，那就是提供了跨越不同国度不同文化的理解之途。文学的审美归根结底在于理解和同情，是一种感同身受的体验与投入。阅读经典也许可以被认为是对文化个性和多样性的最佳体验方式，此中的乐趣莫过于感受想象与思维的异质性，也即穿越时空阅尽人世的欣悦。换成更理性的说法，正是经典作品所涵纳的多样性的文化资源，展示了地球人精神视野的宽广与深邃。在大工业和产业化席卷全球的浪潮中，迪士尼式的大众消费文化越来越多地造成了单极化的拟象世界，面对那些铺天盖地的电子游戏一类文化产品，人们的确需要从精神上作出反拨，加以制衡，需要一种文化救赎。此时此刻，如果打开一本经典，你也许不难找到重归家园或是重新认识自我的感觉。

中文版"企鹅经典"丛书沿袭原版企鹅经典的一贯宗旨：首先在选题上精心斟酌，保证所有的书目都是名至实归的经典作品，并具有不同语种和文化区域的代表性；其次，采用优质的译本，译文务求贴近作者的语言风格，尽可能忠实地再现原著的内容与品质；另外，每一种书都附有专家撰写的导读文字，以及必要的注释，希望这对于帮助读者更好地理解作品会有一定作用。总之，我们给自己设定了一个绝对不低的标准，期望用自己的努力将读者引入庄重而温馨的文化殿堂。

关于经典，一位业已迈入当今经典之列的大作家，有这样一个简单而生动的说法——"'经典'的另一层意思是：搁在书架上以备一千次、一百万次被人取下。"或许你可以骄傲地补充说，那本让自己从书架上频繁取下的经典，正是我们这套丛书中的某一种。

上海文艺出版社编辑部
上海九久读书人文化实业有限公司
二〇一四年一月

目　录

吉檀迦利　　　　　　　　　1

新月集　　　　　　　　　107

园丁集　　　　　　　　　157

飞鸟集　　　　　　　　　255

导读　　　　　　　　　343

·吉檀迦利·

(冰心 译)

一

你已经使我永生,这样做是你的欢乐。这脆薄的杯儿,你不断的① 把它倒空,又不断的以新生命来充满。

这小小的苇笛,你携带着它逾山越谷,从笛管里吹出永新的音乐。

在你双手的不朽的安抚下,我的小小的心,消融在无边快乐之中,发出不可言说的词调。

你的无穷的赐予只倾入我小小的手里。时代过去了,你还在倾注,而我的手里还有余量待充满。

---

① 为保持译文原貌,本书中"的、地、得"等与现在规范用法不符处未作改动。——编者注

二

当你命令我歌唱的时候,我的心似乎要因着骄傲而炸裂;我仰望着你的脸,眼泪涌上我的眶里。

我生命中一切的凝涩与矛盾融化成一片甜柔的谐音——我的赞颂像一只欢快的鸟,振翼飞越海洋。

我知道你欢喜我的歌唱。我知道只因为我是个歌者,才能走到你的面前。

我用我的歌曲的远伸的翅梢,触到了你的双脚,那是我从来不敢想望触到的。

在歌唱中陶醉,我忘了自己,你本是我的主人,我却称你为朋友。

三

我不知道你怎样地唱,我的主人!我总在惊奇地静听。

你的音乐的光辉照亮了世界。你的音乐的气息透彻诸天。

你的音乐的圣泉冲过一切阻挡的岩石,向前奔涌。

我的心渴望和你合唱,而挣扎不出一点声音。我想说话,但是言语不成歌曲,我叫不出来。呵,你使我的心变成了你的音乐的漫天大网中的俘虏,我的主人!

四

　　我生命的生命，我要保持我的躯体永远纯洁，因为我知道你的生命的摩抚，接触着我的四肢。

　　我要永远从我的思想中摒除虚伪，因为我知道你就是那在我心中燃起理智之火的真理。

　　我要从我心中驱走一切的丑恶，使我的爱开花，因为我知道你在我的心宫深处安设了座位。

　　我要努力在我的行为上表现你，因为我知道是你的威力，给我力量来行动。

五

　　请容我懈怠一会儿,来坐在你的身旁。我手边的工作等一下子再去完成。

　　不在你的面前,我的心就不知道什么是安逸和休息,我的工作变成了无边的劳役海中的无尽的劳役。

　　今天,炎暑来到我的窗前,轻嘘微语;群蜂在花树的宫廷中尽情弹唱。

　　这正是应该静坐的时光,和你相对,在这静寂和无边的闲暇里唱出生命的献歌。

六

摘下这朵花来,拿了去罢①,不要迟延!我怕它会萎谢了,掉在尘土里。

它也许不配上你的花冠,但请你采折它,以你手采折的痛苦来给它光宠。我怕在我警觉之先,日光已逝,供献的时间过了。

虽然它颜色不深,香气很淡,请仍用这花来礼拜,趁着还有时间,就采折罢。

---

① 现在规范词形写作"吧"。——编者注

七

我的歌曲把她的妆饰卸掉。她没有了衣饰的骄奢。妆饰会成为我们合一之玷;它们会横阻在我们之间,它们叮当①的声音会掩没②了你的细语。

我的诗人的虚荣心,在你的容光中羞死。呵,诗圣,我已经拜倒在你的脚前。只让我的生命简单正直像一枝苇笛,让你来吹出音乐。

---

① 现在规范词形写作"叮当"。——编者注
② 现在规范词形写作"淹没"。——编者注

八

那穿起王子的衣袍和挂起珠宝项练①的孩子,在游戏中他失去了一切的快乐;他的衣服绊着他的步履。

为怕衣饰的破裂和污损,他不敢走进世界,甚至于不敢挪动。

母亲,这是毫无好处的,如你的华美的约束,使人和大地健康的尘土隔断,把人进入日常生活的盛大集会的权利剥夺去了。

---

① 现在规范词形写作"项链"。——编者注

九

呵，傻子，想把自己背在肩上！呵，乞人，来到你自己门口求乞！把你的负担卸在那双能担当一切的手中罢，永远不要惋惜地回顾。

你的欲望的气息，会立刻把它接触到的灯火吹灭。它是不圣洁的——不要从它不洁的手中接受礼物。只领受神圣的爱所赋予的东西。

一〇

　　这是你的脚凳，你在最贫最贱最失所的人群中歇足。

　　我想向你鞠躬，我的敬礼不能达到你歇足地方的深处——那最贫最贱最失所的人群中。

　　你穿着破敝的衣服，在最贫最贱最失所的人群中行走，骄傲永远不能走近这个地方。

　　你和那最没有朋友的最贫最贱最失所的人们作伴，我的心永远找不到那个地方。

一一

　　把礼赞和数珠撇在一边罢！你在门窗紧闭幽暗孤寂的殿角里，向谁礼拜呢？睁开眼你看，上帝不在你的面前！

　　他是在锄着枯地的农夫那里，在敲石的造路工人那里。太阳下，阴雨里，他和他们同在，衣袍上蒙着尘土。脱掉你的圣袍，甚至像他一样的下到泥土里去罢！

　　超脱吗？从哪里找超脱呢？我们的主已经高高兴兴地把创造的锁链带起①；他和我们大家永远连系在一起。

　　从静坐里走出来罢，丢开供养的香花！你的衣服污损了又何妨呢？去迎接他，在劳动里，流汗里，和他站在一起罢。

---

①　现在规范词形写作"戴起"。——编者注

一二

我旅行的时间很长,旅途也是很长的。

天刚破晓,我就驱车起行,穿遍广漠的世界,在许多星球之上,留下辙痕。

离你最近的地方,路途最远,最简单的音调,需要最艰苦的练习。

旅客要在每一个生人门口敲叩,才能敲到自己的家门,人要在外面到处漂流,最后才能走到最深的内殿。

我的眼睛向空阔处四望,最后才合上眼说"你原来在这里!"

这句问话和呼唤"呵,在哪儿呢?"融化在千股的泪泉里,和你保证的回答"我在这里!"的洪流,一同泛滥了全世界。

一三

我要唱的歌,直到今天还没有唱出。

每天我总在乐器上调理弦索。

时间还没有到来,歌词也未曾填好;只有愿望的痛苦在我心中。

花蕊还未开放;只有风从旁叹息走过。

我没有看见过他的脸,也没有听见过他的声音;我只听见他轻蹑的足音,从我房前路上走过。

悠长的一天消磨在为他在地上铺设坐位①;但是灯火还未点上,我不能请他进来。

我生活在和他相会的希望中,但这相会的日子还没有来到。

---

① 现在规范词形写作"座位"。——编者注

一四

　　我的欲望很多,我的哭泣也很可怜,但你永远用坚决的拒绝来拯救我;这刚强的慈悲已经紧密的交织在我的生命里。

　　你使我一天一天的更配领受你自动的简单伟大的赐予——这天空和光明,这躯体和生命与心灵——把我从极欲的危险中拯救了出来。

　　有时候我懈怠地捱延①,有时候我急忙警觉寻找我的路向;

　　但是你却忍心地躲藏起来。

　　你不断的拒绝我,从软弱动摇的欲望的危险中拯救了我,使我一天一天的更配得你完全的接纳。

---

① 现在规范词形写作"挨延"。——编者注

一五

我来为你唱歌。在你的厅堂中,我坐在屋角。

在你的世界中我无事可做;我无用的生命只能放出无目的底[①]歌声。

在你黑暗的殿中,夜半敲起默祷的钟声的时候,命令我罢,我的主人,来站在你面前歌唱。

当金琴在晨光中调好的时候,宠赐我罢,命令我来到你的面前。

[①] 此处"底"作"的",多见于五四时期至 20 世纪 30 年代的白话文作品。——编者注

一六

　　我接到这世界节日的请简[①],我的生命受了祝福。我的眼睛看见了美丽的景象,我的耳朵也听见了醉人的音乐。

　　在这宴会中,我的任务是奏乐,我也尽力演奏了。

　　现在,我问,那时间终于来到了吗,我可以进去瞻仰你的容颜,并献上我静默的敬礼吗?

---

① 现在规范词形写作"请柬"。——编者注

一七

我只在等候着爱,要最终把我交在他手里。这是我迟误的原因,我对这延误负咎。

他们要用法律和规章,来紧紧的约束我;但是我总是躲着他们,因为我只等候着爱,要最终把我交在他手里。

人们责备我,说我不理会人;我也知道他们的责备是有道理的。

市集已过,忙人的工作都已完毕。叫我不应的人都已含怒回去。我只等候着爱,要最终把我交到他手里。

一八

云霾堆积,黑暗渐深。呵,爱,你为什么让我独在门外等候?

在中午工作最忙的时候,我和大家在一起,但在这黑暗寂寞的日子,我只企望着你。

若是你不容我见面,若是你完全把我抛弃,我真不知将如何度过这悠长的雨天。

我不住地凝望遥远的阴空,我的心和不宁的风一同彷徨悲叹。

一九

　　若是你不说话，我就含忍着，以你的沉默来填满我的心。我要沉静地等候，像黑夜在星光中无眠，忍耐地低首。

　　清晨一定会来，黑暗也要消隐，你的声音将划破天空从金泉中下注。

　　那时你的话语，要在我的每一鸟巢中生翼发声，你的音乐，要在我林丛繁花中盛开怒放。

二〇

　　莲花开放的那天,唉,我不自觉的在心魂飘荡。我的花篮空着,花儿我也没有去理睬。

　　不时的有一段幽愁来袭击我,我从梦中惊起,觉得南风里有一阵奇香的芳踪。

　　这迷茫的温馨,使我想望得心痛,我觉得这仿佛是夏天渴望的气息,寻求圆满。

　　我那时不晓得它离我是那么近,而且是我的,这完美的温馨,还是在我自己心灵的深处开放。

二一

  我必须撑出我的船去。时光都在岸边捱延消磨了——不堪的我呵!春天把花开过就告别了。如今落红遍地,我却等待而又留连①。潮声渐喧,河岸的荫滩上黄叶飘落。

  你凝望着的是何等的空虚!你不觉得有一阵惊喜和对岸遥远的歌声从天空中一同飘来吗?

---

 ① 现在规范词形写作"流连"。——编者注

二二

在七月霪雨[①]的浓阴中,你用秘密的脚步行走,夜一般的轻悄,躲过一切的守望的人。

今天,清晨闭上眼,不理连连呼喊的狂啸的东风,一张厚厚的纱幕遮住永远清醒的碧空。

林野住了歌声,家家闭户。在这冷寂的街上,你是孤独的行人。呵,我唯一的朋友,我最爱的人,我的家门是开着的——不要梦一般的走过罢。

[①] "霪"同"淫",现在规范词形写作"淫雨"。——编者注

二三

在这暴风雨的夜晚你还在外面作爱的旅行吗,我的朋友?

天空像失望者在哀号。

我今夜无眠。我不断的开门向黑暗中瞭望,我的朋友!

我什么都看不见。我不知道你要走哪一条路!

是从墨黑的河岸上,是从远远的愁惨的树林边,是穿过昏暗迂回的曲径,你摸索着来到我这里吗,我的朋友?

二四

  假如一天已经过去了,鸟儿也不歌唱,假如风也吹倦了,那就用黑暗的厚幕把我盖上罢,如同你在黄昏时节用睡眠的衾被裹上大地,又轻柔地将垂莲的花瓣合上。

  旅客的行程未达,粮袋已空,衣裳破裂污损,而又筋疲力尽,你解除了他的羞涩与困穷,使他的生命像花朵一样在仁慈的夜幕下甦[①]醒。

[①] 同"苏"。——编者注

二五

在这困倦的夜里，让我帖服地把自己交给睡眠，把信赖托付给你。

让我不去勉强我的萎靡的精神，来准备一个对你敷衍的礼拜。

是你拉上夜幕盖上白日的倦眼，使这眼神在醒觉的清新喜悦中，更新了起来。

二六

  他来坐在我的身边,而我没有醒起。多么可恨的睡眠,唉,不幸的我呵!

  他在静夜中来到;手里拿着琴,我的梦魂和他的音乐起了共鸣。

  唉,为什么每夜就这样的虚度了?呵,他的气息接触了我的睡眠,为什么我总看不见他的面?

二七

灯火，灯火在哪里呢？用熊熊的渴望之火把它点上罢！

灯在这里，却没有一丝火焰——这是你的命运吗，我的心呵！

你还不如死了好！

悲哀在你门上敲着，她传话说你的主醒着呢，他叫你在夜的黑暗中奔赴爱的约会。

云雾遮满天空，雨也不停地下。我不知道我心里有什么在动荡——我不懂得它的意义。

一霎的电光，在我的视线上抛下一道更深的黑暗，我的心摸索着寻找那夜的音乐对我呼唤的径路。

灯火，灯火在哪里呢？用熊熊的渴望之火把它点上罢！雷声在响，狂风怒吼着穿过天空。夜像黑岩一般的黑。不要让时间在黑暗中度过罢。用你的生命把爱的灯点上罢。

二八

罗网是坚韧的,但是要撕破它的时候我又心痛。

我只要自由,为希望自由我却觉得羞愧。

我确知那无价之宝是在你那里,而且你是我最好的朋友,但我却舍不得清除我满屋的俗物。

我身上披的是尘灰与死亡之衣;我恨它,却又热爱地把它抱紧。

我的债负很多,我的失败很大,我的耻辱秘密而又深重;但当我来求福的时候,我又战栗,唯恐我的祈求得了允诺。

二九

　　被我用我的名字囚禁起来的那个人,在监牢中哭泣。我每天不停的筑着围墙;当这道围墙高起接天的时候,我的真我便被高墙的黑影遮断不见了。

　　我以这道高墙自豪,我用沙土把它抹严,唯恐在这名字上还留着一丝罅隙;我煞费了苦心,我也看不见了真我。

三〇

我独自去赴幽会。是谁在暗寂中跟着我呢?

我走开躲他,但是我逃不掉。

他昂首阔步,使地上尘土飞扬;我说出的每一个字里,都参杂[①]着他的喊叫。

他就是我的小我,我的主,他恬不知耻;但和他一同到你门前,我却感到羞愧。

[①] 现在规范词形写作"掺杂"。——编者注

三一

"囚人,告诉我,谁把你捆起来的?"

"是我的主人,"囚人说,"我以为我的财富与权力胜过世界上一切的人,我把我的国王的钱财聚敛在自己的宝库里。我昏困不过,睡在我主的床上,一觉醒来,我发现我在自己的宝库里做了囚人。"

"囚人,告诉我,是谁铸的这条坚牢的锁链?"

"是我,"囚人说,"是我自己用心铸造的。我以为我的无敌的权力会征服世界,使我有无碍的自由。我日夜用烈火重锤打造了这条铁链。等到工作完成,铁链坚牢完善,我发现这铁链把我捆住了。"

三二

尘世上那些爱我的人,用尽方法拉住我。你的爱就不是那样,你的爱比他们的伟大得多,你让我自由。

他们从不敢离开我,恐怕我把他们忘掉。但是你,日子一天一天的过去,你还没有露面。

若是我不在祈祷中呼唤你,若是我不把你放在心上,你爱我的爱情仍在等待着我的爱。

三三

白天的时候,他们来到我的房子里说:"我们只占用最小的一间屋子。"

他们说:"我们要帮忙你礼拜你的上帝,而且只谦恭地领受我们应得的一份恩典。"他们就在屋角安静谦柔地坐下。

但是在黑夜里,我发现他们强暴地冲进我的圣堂,贪婪地攫取了神坛上的祭品。

三四

只要我一息尚存,我就称你为我的一切。

只要我一诚不灭,我就感觉到你在我的四围,任何事情,我都来请教你,任何时候都把我的爱献上给你。

只要我一息尚存,我就永不把你藏匿起来。

只要把我和你的旨意锁在一起的脚镣,还留着一小段,你的意旨就在我的生命中实现——这脚镣就是你的爱。

三五

在那里,心是无畏的,头也抬得高昂;

在那里,智识是自由的;

在那里,世界还没有被狭小的家国的墙隔成片段;

在那里,话是从真理的深处说出;

在那里,不懈的努力向着"完美"伸臂;

在那里,理智的清泉没有沉没在积习的荒漠之中;

在那里,心灵是受你的指引,走向那不断放宽的思想与行为——

进入那自由的天国,我的父呵,让我的国家觉醒起来罢。

三六

　　这是我对你的祈求,我的主——请你铲除,铲除我心里贫乏的根源。

　　赐给我力量使我能轻闲地承受欢乐与忧伤。

　　赐给我力量使我的爱在服务中得到果实。

　　赐给我力量使我永不抛弃穷人也永不向淫威屈膝。

　　赐给我力量使我的心灵超越于日常琐事之上。

　　再赐给我力量使我满怀爱意地把我的力量服从你意志的指挥。

三七

  我以为我的精力已竭,旅程已终——前路已绝,储粮已尽,退隐在静默鸿濛[①]中的时间已经到来。

  但是我发现你的意志在我身上不知有终点。旧的言语刚在舌尖上死去,新的音乐又从心上迸来;旧辙方迷,新的田野又在面前奇妙地展开。

[①] 现在规范词形写作"鸿蒙"。——编者注

三八

我需要你,只需要你——让我的心不停地重述这句话。日夜引诱我的种种欲念,都是透顶的诈伪与空虚。

就像黑夜隐藏在祈求光明的朦胧里,在我潜意识的深处也响出呼声——我需要你,只需要你。

正如风暴用全力来冲击平静,却寻求终止于平静,我的反抗冲击着你的爱,而它的呼声也还是——我需要你,只需要你。

三九

在我的心坚硬焦躁的时候,请洒我以慈霖。

当生命失去恩宠的时候,请赐我以欢歌。

当烦杂的工作在四周喧闹,使我和外界隔绝的时候,我的宁静的主,请带着你的和平与安息来临。

当我乞丐似的心,蹲闭在屋角的时候,我的国王,请你以王者的威仪破户而入。

当欲念以诱惑与尘埃来迷蒙我的心眼的时候,呵,圣者,你是清醒的,请你和你的雷电一同降临。

四〇

在我干枯的心上,好多天没有受到雨水的滋润了,我的上帝。天边是可怕的赤裸——没有一片轻云的遮盖,没有一丝远雨的凉意。

如果你愿意,请降下你的死黑的盛怒的风雨,以闪电震慑诸天罢。

但是请你召回,我的主,召回这弥①漫沉默的炎热罢,它是沉重尖锐而又残忍,用可怕的绝望焚灼人心。

让慈云低垂下降,像在父亲发怒的时候,母亲的含泪的眼光。

---

① 同"弥"。——编者注

四一

我的情人,你站在大家背后,藏在何处的阴影中呢?在尘土飞扬的道上,他们把你推开走过,没有理睬你。在乏倦的时间,我摆开礼品来等候你,过路的人把我的香花一朵一朵的拿去,我的花篮几乎空了。

清晨、中午都过去了。暮色中,我倦眼朦胧①。回家的人们瞟着我微笑,使我满心羞惭。我像女乞丐一般的坐着,拉起裙儿盖上脸,当他们问我要什么的时候,我垂目没有答应。

呵,真的,我怎能告诉他们说我是在等候你,而且你也应许说你一定会来。我又怎能抱愧的说我的妆奁就是贫穷。呵,我在我心的微隐处紧抱着这一段骄荣。

我坐在草地上凝望天空,梦想着你来临时候那忽然炫耀的豪华——万彩交辉,车辇上金旗飞扬,在道旁众目睽睽之下,你从车座下降,把我从尘埃中扶起坐在你的旁边,这褴褛的女乞丐,含羞带喜,像蔓藤在暑风中颤摇。

但是时间流过了,还听不见你的车辇的轮声。许多仪仗队伍都在光彩喧阗中走过了。你只要静默的站在他们背后吗?我只能哭泣着等待,把我的心折磨在空虚的伫望之中吗?

---

① 现在规范词形写作"蒙眬"。——编者注

四二

在清晓的密语中,我们约定了同去泛舟,世界上没有一个人知道我们这无目的无终止的遨游。

在无边的海洋上,在你静听的微笑中,我的歌唱抑扬成调,像海波一般的自由,不受字句的束缚。

时间还没有到吗?你还有工作要做吗?看罢,暮色已经笼罩海岸,苍茫里海鸟已群飞归巢。

谁知道什么时候可以解开链索,这只船会像落日的余光,消融在黑夜之中呢?

四三

　　那天我没有准备好来等候你,我的国王,你就像一个素不相识的平凡的人,自动的进到我的心里,在我生命的许多流逝的时光中,盖上了永生的印记。

　　今天我偶然看见了你的签印,我发现它们和我遗忘了的日常哀乐的回忆,杂乱地散掷在尘埃里。

　　你不曾鄙夷地避开我童年时代在尘土中的游戏,我在游戏室里所听见的足音,和在群星中的回响是相同的。

四四

阴晴无定,夏至雨来的时节,在路旁等候瞭望,是我的快乐。

从不可知的天空带信来的使者们,向我致意又向前赶路。

我衷心欢畅,吹过的风带着清香。

从早到晚我在门前坐地,我知道我一看见你,那快乐的时光便要突然来到。

这时我自歌自笑。这时空气里也充满着应许的芬芳。

四五

你没有听见他静悄的脚步吗?

他正在走来,走来,一直不停地走来。

每一个时间,每一个年代,每日每夜,他总在走来,走来,一直不停地走来。

在许多不同的心情里,我唱过许多歌曲,但在这些歌调里,我总在宣告说:"他正在走来,走来,一直不停地走来。"

四月芬芳的晴天里,他从林径中走来,走来,一直不停地走来。

七月阴暗的雨夜中,他坐着隆隆的云辇,前来,前来,一直不停地前来。

愁闷相继之中,是他的脚步踏在我的心上,是他的双脚的黄金般的接触,使我的快乐发出光辉。

四六

我不知道从久远的什么时候,你就一直走近来迎接我。

你的太阳和星辰永不能把你藏起使我看不见你。

在许多清晨和傍晚,我曾听见你的足音,你的使者曾秘密地到我心里来召唤。

我不知道为什么今天我的生活完全激动了,一种狂欢的感觉穿过了我的心。

这就像结束工作的时间已到,我感觉到在空气中有你光降的微馨。

四七

　　夜已将尽，等他又落了空。我怕在清晨我正在倦睡的时候，他忽然来到我的门前。呵，朋友们，给他开着门罢——不要拦阻他。

　　若是他的脚步声没有把我惊醒，请不要叫醒我。我不愿意小鸟嘈杂的合唱，和庆祝晨光的狂欢的风声，把我从睡梦中吵醒。即使我的主突然来到我的门前，也让我无扰的睡着。

　　呵，我的睡眠，宝贵的睡眠，只等着他的摩触来消散。呵，我的合着的眼，只在他微笑的光中才开睫，当他像从洞黑的睡眠里浮现的梦一般地站立在我面前。

　　让他作为最初的光明和形象，来呈现在我的眼前。让他的眼光成为我觉醒的灵魂最初的欢跃。让我自我的返回成为向他立地的皈依。

四八

清晨的静海,漾起鸟语的微波;路旁的繁花,争妍斗艳;在我们匆忙赶路无心理睬的时候,云隙中散射出灿烂的金光。

我们不唱欢歌,也不嬉游;我们也不到村集上去交易;我们一语不发,也不微笑;我们不在路上留连。时间流逝,我们也加速了脚步。

太阳升到中天,鸽子在凉荫①中叫唤。枯叶在正午的炎风中飞舞。牧童在榕树下做他的倦梦,我在水边卧下,在草地上展布我困乏的四肢。

我的同伴们嘲笑我;他们抬头疾走;他们不回顾也不休息;他们消失在远远的碧霭之中。他们穿过许多山林,经过生疏遥远的地方。长途上的英雄队伍呵,光荣是属于你们的!讥笑和责备要促我起立,但我却没有反应。我甘心没落在乐受的耻辱的深处——在模糊的快乐阴影之中。

阳光织成的绿阴的幽静,慢慢的笼罩着我的心。我忘记了旅行底目的,我无抵抗地把我的心灵交给阴影与歌曲的迷宫。

最后,我从沉睡中睁开眼,我看见你站在我身旁,我的睡眠沐浴在你的微笑之中。我从前是如何的惧怕,怕这道路的遥远困难,到你面前的努力是多么艰苦呵!

---

① 现在规范词形写作"凉阴"。——编者注

四九

你从宝座上下来,站在我草舍门前。

我正在屋角独唱,歌声被你听到了。你下来站在我草舍门前。

在你的广厅里有许多名家,一天到晚都有歌曲在唱。但是这初学的简单的音乐,却得到了你的赏识。一支忧郁的小调,和世界的伟大音乐融合了,你还带了花朵作为奖赏,下了宝座停留在我的草舍门前。

五〇

我在村路上沿门求乞的时候,你的金辇像一个华丽的梦从远处出现,我在猜想这位万王之王是谁!

我的希望高昇①,我觉得我苦难的日子将要告终,我站着等候你自动的施与,等待那散掷在尘埃里的财宝。

车辇在我站立的地方停住了。你看到我,微笑着下车。我觉得我的运气到底来了。忽然你伸出右手来说:"你有什么给我呢?"

呵,这开的是什么样的帝王的玩笑,向一个乞丐伸手求乞!我糊涂了,犹疑地站着,然后从我的口袋里慢慢的拿出一粒最小的玉米献上给你。

但是我一惊不小,当我在晚上把口袋倒在地上的时候,在我乞讨来的粗劣东西之中,我发现了一粒金子。我痛哭了,恨我没有慷慨的将我所有都献给你。

---

① 同"升"。——编者注

五一

夜深了。我们一天的工作都已做完。我们以为投宿的客人都已来到,村里家家都已闭户了。只有几个人说,国王是要来的。我们笑着说:"不会的,这是不可能的事!"

仿佛门上有敲叩的声音。我们说那不过是风。我们熄灯就寝。只有几个人说:"这是使者!"我们笑着说:"不是,这一定是风!"

在死沉沉的夜里传来一个声音。朦胧中我们以为是远远的雷响。墙摇地动,我们在睡眠里受了惊扰。只有几个人说:"这是车轮的声音。"我们昏困地嘟哝着说:"不是,这一定是雷响!"

鼓声响起的时候天还没亮。有声音喊着说:"醒来罢!别耽误了!"我们拿手按住心口,吓得发抖。只有几个人说:"看哪,这是国王的旗子!"我们爬起来站着叫:"没有时间再耽误了!"

国王已经来了——但是灯火在哪里呢,花环在哪里呢?给他预备的宝座在哪里呢?呵,丢脸,呵,太丢脸了!客厅在哪里,陈设又在哪里呢?有几个人说了:"叫也无用了!用空手来迎接他罢,带他到你的空房里去罢!"

打开房门,吹起法螺罢!在深夜中国王降临到我黑暗凄凉的房子里了。空中雷声怒吼。黑暗和闪电一同颤抖。拿出你的破席铺在院子里罢。我们的国王在可怖之夜与暴风雨一同突然来到了。

五二

我想我应当向你请求——可是我又不敢——你那挂在颈上的玫瑰花环。这样我等到早上,想在你离开的时候,从你床上找到些碎片。我像乞丐一样破晓就来寻找,只为着一两片散落的花瓣。

呵,我呵,我找到了什么呢?你留下了什么爱的表记呢?那不是花朵,不是香料,也不是一瓶香水。那是你的一把巨剑,火焰般放光,雷霆般沉重。清晨的微光从窗外射到床上。晨鸟喊喊喳喳着问:"女人,你得到了什么呢?"不,这不是花朵,不是香料,也不是一瓶香水——这是你的可畏的宝剑。

我坐着猜想,你这是什么礼物呢。我没有地方去藏放它。我不好意思佩带①它,我是这样的柔弱,当我抱它在怀里的时候,它就把我压痛了。但是我要把这光宠铭记在心,你的礼物,这痛苦的负担。

从今起在这世界上我将没有畏惧,在我的一切奋斗中你将得到胜利。你留下死亡和我做伴,我将以我的生命给他加冕。我带着你的宝剑来斩断我的羁勒,在世界上我将没有畏惧。

从今起我要抛弃一切琐碎的装饰。我心灵的主,我不再在一隅等待哭泣,也不再畏怯娇羞。你已把你的宝剑给我佩带。我不再要玩偶的装饰品了!

---

① 现在规范词形写作"佩戴"。——编者注

五三

你的手镯真是美丽,镶着星辰,精巧地嵌着五光十色的珠宝。但是依我看来你的宝剑是更美的,那弯弯的闪光像毗湿奴的神鸟展开的翅翼,完美地平悬在落日怒发的红光里。

它颤抖着像生命受死亡的最后一击时,在痛苦的昏迷中的最后反应;它炫耀着像将烬的世情的纯焰,最后猛烈的一闪。

你的手镯真是美丽,镶着星辰般的珠宝;但是你的宝剑,呵,雷霆的主,是铸得绝顶美丽,看到想到都是可畏的。

五四

　　我不向你求什么;我不向你耳中陈述我的名字。当你离开的时候我静默地站着。我独立在树影横斜的井旁,女人们已顶着褐色的瓦罐盛满了水回家了。她们叫我说:"和我们一块来罢,都快到了中午了。"但我仍在慵倦地留连,沉入恍惚的默想之中。

　　你走来时我没有听到你的足音。你含愁的眼望着我,你低语的时候声音是倦乏的——"呵,我是一个干渴的旅客。"我从幻梦中惊起,把我罐里的水倒在你掬着的手掌里。树叶在头上萧萧地响着;杜鹃在幽暗处歌唱,曲径里传来胶树的花香。

　　当你问到我的名字的时候,我羞得悄立无言。真的,我替你作①了什么,值得你的忆念?但是我幸能给你饮水止渴的这段回忆,将温馨地贴抱在我的心上。天已不早,鸟儿唱着倦歌,楝树叶子在头上沙沙作响,我坐着反复的想了又想。

---

① 现在规范词形写作"做"。——编者注

五五

乏倦压在你的心上,你眼中尚有睡意。

你没有得到消息说荆棘丛中花朵正在盛开吗?醒来罢,呵,醒来!不要让光阴虚度了!

在石径的尽头,在幽静无人的田野里,我的朋友在独坐着。不要欺骗他罢。醒来,呵,醒来罢!

即使正午的骄阳使天空喘息摇颤——即使灼热的沙地展布开它干渴的巾衣——

在你心的深处难道没有快乐吗?你的每一个足音,不会使道路的琴弦迸出痛苦的柔音吗?

五六

只因你的快乐是这样的充满了我的心。只因你曾这样的俯就我。呵,你这诸天之王,假如没有我,你还爱谁呢?

你使我做了你这一切财富的共享者。在我心里你的欢乐不住地遨游。在我生命中你的意志永远实现。

因此,你这万王之王曾把自己修饰了来赢取我的心。因此你的爱也消融在你情人的爱里,在那里,你又以我俩完全合一的形象显现。

五七

　　光明,我的光明,充满世界的光明,吻着眼目的光明,甜沁心腑的光明!

　　呵,我的宝贝,光明在我生命的一角跳舞;我的宝贝,光明在勾拨我爱的心弦;天开了,大风狂奔,笑声响彻大地。

　　蝴蝶在光明海上展开翅帆。百合与茉莉在光波的浪花上翻涌。

　　我的宝贝,光明在每朵云彩上散映成金,它洒下无量的珠宝。

　　我的宝贝,快乐在树叶间伸展,欢喜无边。天河的堤岸淹没了,欢乐的洪水在四散奔流。

五八

让一切欢乐的歌调都融和在我最后的歌中——那使大地草海欢呼摇动的快乐,那使生和死两个孪生弟兄,在广大的世界上跳舞的快乐,那和暴风雨一同卷来,用笑声震撼惊醒一切的生命的快乐,那含泪默坐在盛开的痛苦的红莲上的快乐,那不知所谓,把一切所有抛掷于尘埃中的快乐。

五九

是的,我知道,这只是你的爱,呵,我心爱的人——这在树叶上跳舞的金光,这些驶过天空的闲云,这使我额头清爽的吹过的凉风。

清晨的光辉涌进我的眼睛——这是你传给我心的消息。你的容脸下俯,你的眼睛下望着我的眼睛,我的心接触到了你的双足。

六○

孩子们在无边的世界的海滨聚会。头上是静止的无垠的天空,不宁的海波奔腾喧闹。在无边的世界的海滨,孩子们欢呼跳跃地聚会着。

他们用沙子盖起房屋,用空贝壳来游戏。他们把枯叶编成小船,微笑着把它们飘浮在深远的海上。孩子在世界的海滨做着游戏。

他们不会凫水,他们也不会撒网。采珠的人潜水寻珠,商人们奔波航行,孩子们收集了石子却又把它们丢弃了。他们不搜求宝藏,他们也不会撒网。

大海涌起了喧笑,海岸闪烁着苍白的微笑。致人死命的波涛,像一个母亲在摇着婴儿的摇篮一样,对孩子们唱着无意义的歌谣。大海在同孩子们游戏,海岸闪烁着苍白的微笑。

孩子们在无边的世界的海滨聚会。风暴在无路的天空中飘游,船舶在无轨的海上破碎,死亡在猖狂,孩子们却在游戏。在无边的世界的海滨,孩子们盛大的聚会着。

六一

　　这掠过婴儿眼上的睡眠——有谁知道它是从哪里来的吗？是的，有谣传说它住在林荫中，萤火朦胧照着的仙村里，那里挂着两颗甜柔迷人的花蕊。它从那里来吻着婴儿的眼睛。

　　在婴儿睡梦中唇上闪现的微笑——有谁知道它是从哪里生出来的吗？是的，有谣传说一线新月的微光，触到了消散的秋云的边缘，微笑就在被朝雾洗净的晨梦中，第一次生出来了——这就是那婴儿睡梦中唇上闪现的微笑。

　　在婴儿的四肢上，花朵般喷发的甜柔清新的生气，有谁知道它是在哪里藏了这么许久吗？是的，当母亲还是一个少女，它就在温柔安静的爱的神秘中，充塞在她的心里了——这就是那婴儿四肢上喷发的甜柔新鲜的生气。

六二

　　当我送你彩色玩具的时候，我的孩子，我了解为什么云中水上会幻弄出这许多颜色，为什么花朵都用颜色染起——当我送你彩色玩具的时候，我的孩子。

　　当我唱歌使你跳舞的时候，我澈底①的知道为什么树叶上响出音乐，为什么波浪把它们的合唱送进静听的大地的心头——当我唱歌使你跳舞的时候。

　　当我把糖果递到你贪婪的手中的时候，我懂得为什么花心里有蜜，为什么水果里隐藏着甜汁——当我把糖果递到你贪婪的手中的时候。

　　当我吻你的脸使你微笑的时候，我的宝贝，我的确了解晨光从天空流下时，是怎样的高兴，暑天的凉风吹到我身上的是怎样的愉快——当我吻你的脸使你微笑的时候。

---

　　①　现在规范词形写作"彻底"。——编者注

六三

你使不相识的朋友认识了我。你在别人家里给我准备了坐位。你缩短了距离,你把生人变成弟兄。

在我必须离开故居的时候,我心里不安;我忘了是旧人迁入新居,而且你也住在那里。

通过生和死,今生或来世,无论你带领我到哪里,都是你,仍是你,我的无穷生命中的唯一伴侣,永远用欢乐的系练,把我的心和陌生的人联系在一起。

人一认识了你,世上就没有陌生的人,也没有了紧闭的门户。呵,请允许我的祈求,使我在与众生游戏之中,永不失去和你单独接触的福祉。

六四

  在荒凉的河岸上，深草丛中，我问她："姑娘，你用披纱遮着灯，要到哪里去呢？我的房子黑暗寂寞——把你的灯借给我罢。"她抬起乌黑的眼睛，从暮色中看了我一会。"我到河边来，"她说，"要在太阳西下的时候，把我的灯飘浮①到水上去。"我独立在深草中看着她的灯的微弱的火光，无用地在潮水上飘流②。

  在薄暮的寂静中，我问她："姑娘，你的灯火都已点上了——那么你拿着这灯到哪里去呢？我的房子黑暗寂寞——把你的灯借给我罢。"她抬起乌黑的眼睛望着我的脸，站着沉吟了一会。最后她说："我来是要把我的灯献给上天。"我站着看她的灯光在天空中无用地燃点着。

  在无月的夜半朦胧之中，我问她："姑娘，你做什么把灯抱在心前呢？我的房子黑暗寂寞——把你的灯借给我罢。"她站住沉思了一会，在黑暗中注视着我的脸。她说："我是带着我的灯，来参加灯节的。"我站着看着她的灯，无用地消失在众光之中。

---

① 现在规范词形写作"漂浮"。——编者注
② 现在规范词形写作"漂流"。——编者注

六五

我的上帝,从我满溢的生命之杯中,你要饮什么样的圣酒呢?

通过我的眼睛,来观看你自己的创造物,站在我的耳门上,来静听你自己的永恒的谐音,我的诗人,这是你的快乐吗?

你的世界在我的心灵里织上字句,你的快乐又给它们加上音乐。你把自己在梦中交给了我,又通过我来感觉你自己的完满的甜柔。

六六

那在神光离合之中,潜藏在我生命深处的她;那在晨光中永远不肯揭开面纱的她,我的上帝,我要用最后的一首歌把她包裹起来,作为我给你的最后的献礼。

无数求爱的话,都已说过,但还没有赢得她的心;劝诱向她伸出渴望的臂,也是枉然。

我把她深藏在心里,到处漫游,我生命的荣枯围绕着她起落。

她统治着我的思想、行动和睡梦,她却自己独居索处。

许多的人叩我的门来访问她,都失望的回去。

在这世界上从没有人和她面对过,她在孤守着静待你的赏识。

六七

你是天空,你也是窝巢。

呵,美丽的你,在窝巢里就是你的爱,用颜色、声音和香气来围拥住灵魂。

在那里,清晨来了,右手提着金筐,带着美的花环,静静地替大地加冕。

在那里,黄昏来了,越过无人畜牧的荒林,穿过车马绝迹的小径,在她的金瓶里带着安静的西方海上和平的凉飙。

但是在那里,纯白的光辉,统治着伸展着的为灵魂翱翔的无际的天空。在那里无昼无夜,无形无色,而且永远,永远无有言说。

六八

你的阳光射到我的地上,整天的伸臂站在我门前,把我的眼泪、叹息和歌曲变成的云彩,带回放在你的足边。

你喜爱地将这云带缠围在你的星胸之上,绕成无数的形式和褶纹,还染上变幻无穷的色彩。

它是那样的轻柔,那样的飘扬,温软、含泪而黯淡,因此你就爱惜它,呵,你这庄严无瑕者。这就是为什么它能够以它可怜的阴影遮掩你的可畏的白光。

六九

　　就是这股生命的泉水,日夜流穿我的血管,也流穿过世界,又应节地跳舞。

　　就是这同一的生命,从大地的尘土里快乐地伸放出无数片的芳草,迸发出繁花密叶的波纹。

　　就是这同一的生命,在潮汐里摇动着生和死的大海的摇篮。

　　我觉得我的四肢因受着生命世界的爱抚而光荣。我的骄傲,是因为时代的脉搏,此刻在我血液中跳动。

七〇

这欢欣的音律不能使你欢欣吗？不能使你回旋激荡，消失碎裂在这可怖的快乐旋转之中吗？

万物急遽地前奔，它们不停留也不回顾，任何力量都不能挽住它们，它们急遽地前奔。

季候应和着这急速不宁的音乐，跳着舞来了又去——颜色、声音、香味在这充溢的快乐里，汇注成奔流无尽的瀑泉，时时刻刻的在散溅、退落而死亡。

七一

  我应当自己发扬光大，四周放射，投映彩影于你的光辉之中——这便是你的幻境。

  你在你自身里立起隔栏，用无数不同的音调来呼唤你的分身。你这分身已在我体内成形。

  高亢的歌声响彻诸天，在多采①的眼泪与微笑，震惊与希望中回应着；波起复落，梦破又圆。在我里面是你自身的破灭。

  你卷起的那重帘幕，是用昼和夜的画笔，绘出了无数的花样。幕后的你的坐位，是用奇妙神秘的曲线织成，抛弃了一切无聊的笔直的线条。

  你我组成的伟丽的行列，布满了天空。因着你我的歌音，太空都在震颤，一切时代都在你我捉迷藏中度过了。

---

① 现在规范词形写作"多彩"。——编者注

七二

就是他,那最深奥的,用他深隐的摩触使我清醒。

就是他把神符放在我的眼上,又快乐的在我心弦上弹弄出种种哀乐的调子。

就是他用金、银、青、绿的灵幻的色丝,织起幻境的披纱,他的脚趾从衣褶中外露,在他的摩触之下,我忘却了自己。

日来年往,就是他永远以种种名字,种种姿态,种种的深悲和极乐,来打动我的心。

七三

在断念屏欲之中,我不需要拯救。在万千欢愉的约束里我感到了自由的拥抱。

你不断的在我的瓦罐里满满的斟上不同颜色不同芬芳的新酒。

我的世界,将以你的火焰点上他的万盏不同的明灯,安放在你庙宇的坛前。

不,我永不会关上我感觉的门户。视、听、触的快乐会含带着你的快乐。

是的,我的一切幻想会燃烧成快乐的光明,我的一切愿望将结成爱的果实。

七四

白日已过,暗影笼罩大地。是我到河边汲水的时候了。

晚空凭着水的凄音流露着切望。呵,它呼唤我出到暮色中来。荒径上断绝人行,风起了,波浪在河里翻腾。

我不知道是否应该回家去。我不知道我会遇见什么人。浅滩的小舟上有个不相识的人正弹着琵琶。

七五

你赐给我们世人的礼物，满足了我们一切的需要，可是它们又毫未减少的返回到你那里。

河水有它每天的工作，匆忙地穿过田野和村庄；但它的不绝的水流，又曲折的回来洗你的双脚。

花朵以芬芳熏香了空气；但它最终的任务，是把自己献上给你。

对你供献不会使世界困穷。

人们从诗人的字句里，选取自己心爱的意义；但是诗句的最终意义是指向着你。

七六

过了一天又是一天,呵,我生命的主,我能够和你对面站立吗?呵,全世界的主,我能合掌和你对面站立吗?

在广阔的天空下,严静之中,我能够带着虔恭的心,和你对面站立吗?

在你的劳碌的世界里,喧腾着劳作和奋斗,在营营扰扰的人群中,我能和你对面站立吗?

当我已做完了今生的工作,呵,万王之王,我能够独自悄立在你的面前吗?

七七

我知道你是我的上帝,却远立在一边——我不知道你是属我的,就走近你。我知道你是我的父亲,就在你脚前俯伏——我没有像和朋友握手那样地紧握你的手。

我没有在你降临的地方,站立等候,把你抱在胸前,当你做同志,把你占有。

你是我弟兄的弟兄,但是我不理他们,不把我赚得的和他们平分,我以为这样做,才能和你分享我的一切。

在快乐和苦痛里,我都没有站在人类的一边,我以为这样做,才能和你站在一起。我畏缩着不肯舍生,因此我没有跳入生命的伟大的海洋里。

七八

当鸿濛初辟,繁星第一次射出灿烂的光辉,众神在天上集会,唱着:"呵,完美的画图,完全的快乐!"

有一位神忽然叫起来了——"光链里仿佛断了一环,一颗星星走失了。"

他们金琴的弦子猛然折断了,他们的歌声停止了,他们惊惶的叫着——"对了,那颗走失的星星是最美的,她是诸天的光荣!"

从那天起,他们不住的寻找她,众口相传的说,因为她丢了,世界失去了一种快乐。

只在严静的夜里,众星微笑着互相低语说——"寻找是无用的,无缺的完美正笼盖着一切!"

七九

假如我今生无分遇到你,就让我永远感到恨不相逢——让我念念不忘,让我在醒时梦中都怀带着这悲哀的苦痛。

当我的日子在世界的闹市中度过,我的双手满捧着每日的赢利的时候,让我永远觉得我是一无所获——让我念念不忘,让我在醒时梦中都怀带着这悲哀的苦痛。

当我坐在路边,疲乏喘息,当我在尘土中铺设卧具,让我永远记着前面还有悠悠的长路——让我念念不忘,让我在醒时梦中都怀带着这悲哀的苦痛。

当我的屋子装饰好了,箫笛吹起,欢笑声喧的时候,让我永远觉得我还没有请你光临——让我念念不忘,让我在醒时梦中都怀带着这悲哀的苦痛。

八〇

我像一片秋天的残云,无主的在空中飘荡,呵,我的永远光耀的太阳!你的摩触还没有蒸化了我的水气^①,使我与你的光明合一,因此我计算着和你分离的悠长的年月。

假如这是你的愿望,假如这是你的游戏,就请把我这流逝的空虚染上颜色,镀上金辉,让它在狂风中飘浮,舒卷成种种的奇观。

而且假如你愿意在夜晚结束了这场游戏,我就在黑暗中,或在灿白晨光的微笑中,在净化的清凉中,溶化消失。

---

① 现在规范词形写作"水汽"。——编者注

八一

在许多闲散的日子,我悼惜着虚度了的光阴。但是光阴并没有虚度,我的主。你掌握了我生命里寸寸的光阴。

你潜藏在万物的心里,培育着种子发芽,蓓蕾绽红,花落结实。

我困乏了,在闲榻上睡眠,想像①一切工作都已停歇。早晨醒来,我发现我的园里,却开遍了异蕊奇花。

---

① 现在规范词形写作"想象"。——编者注

八二

你手里的光阴是无限的,我的主。你的分秒是无法计算的。

夜去明来,时代像花开花落。你晓得怎样来等待。

你的世纪,一个接着一个,来完成一朵小小的野花。

我们的光阴不能浪费,因为没有时间,我们必须争取机缘。我们太穷苦了,决不可迟到。

因此,在我把时间让给每一个性急的,向我索要时间的人,我的时间就虚度了,最后你的神坛上就没有一点祭品。

一天过去,我赶忙前来,怕你的门已经关闭;但是我发现时间还有充裕。

八三

圣母呵,我要把我悲哀的眼泪穿成珠练,挂在你的颈上。

星星把光明做成足镯,来装扮你的双足,但是我的珠练要挂在你的胸前。

名利自你而来,也全凭你的予取。但这悲哀却完全是我自己的,当我把它当作祭品献给你的时候,你就以你的恩慈来酬谢我。

八四

离愁弥漫世界,在无际的天空中生出无数的情境。

就是这离愁整夜的悄望星辰,在七月阴雨之中,萧萧的树籁变成抒情的诗歌。

就是这笼压弥漫的痛苦,加深而成为爱、欲,而成为人间的苦乐;就是它永远通过诗人的心灵,融化流涌而成为诗歌。

八五

当战士们从他们主公的明堂里刚走出来,他们的武力藏在哪里呢?他们的甲胄和干戈藏在哪里呢?

他们显得无助、可怜,当他们从他们主公的明堂走出的那一天,如雨的箭矢向着他们飞射。

当战士们整队走回他们主公的明堂里的时候,他们的武力藏在哪里呢?

他们放下了刀剑和弓矢;和平在他们的额上放光,当他们整队走回他们主公的明堂的那一天,他们把他们生命的果实留在后面了。

八六

死亡，你的仆人，来到我的门前。他渡过不可知的海洋临到我家，来传达你的召令。

夜色沉黑，我心中畏惧——但是我要端起灯来，开起门来，鞠躬欢迎他。因为站在我门前的是你的使者。

我要含泪的合掌礼拜他。我要把我心中的财产，放在他脚前，来礼拜他。

他的使命完成了就要回去，在我的晨光中留下了阴影；在我萧条的家里，只剩下孤独的我，作为最后献你的祭品。

八七

在无望的希望中,我在房里的每一个角落找她;我找不到她。

我的房子很小,一旦丢了东西就永远找不回来。

但是你的房子是无边无际的,我的主,为着找她,我来到了你的门前。

我站在你薄暮金色的天穹下,向你抬起渴望的眼。

我来到了永恒的边涯,在这里万物不灭——无论是希望,是幸福,或是从泪眼中望见的人面。

呵,把我空虚的生命浸到这海洋里罢,跳进这最深的完满里罢。让我在宇宙的完整里,感觉一次那失去的温馨的接触罢。

八八

　　破庙里的神呵！七弦琴的断线不再弹唱赞美你的诗歌。晚钟也不再宣告礼拜你的时间。你周围的空气是寂静的。

　　流荡的春风来到你荒凉的居所。它带来了香花的消息——就是那素来供养你的香花，现在却无人来呈献了。

　　你的礼拜者，那些漂泊的惯旅，永远在企望那还未得到的恩典。黄昏来到，灯光明灭于尘影之中，他困乏地带着饥饿的心回到这破庙里来。

　　许多佳节都在静默中来到，破庙的神呵。许多礼拜之夜，也在无火无灯中度过了。

　　精巧的艺术家，造了许多新的神像，当他们的末日来到了，便被抛入遗忘的圣河里。

　　只有破庙的神遗留在无人礼拜的，不死的冷淡之中。

八九

我不再高谈阔论了——这是我主的意旨。从那时起我轻声细语。我心里的话要用歌曲低唱出来。

人们急急忙忙的到国王的市场上去,买卖的人都在那里。但在工作正忙的正午,我就早早的离开。

那就让花朵在我的园中开放,虽然花时未到;让蜜蜂在中午奏起他们慵懒的嗡哼。

我曾把充分的时间,用在理欲交战里,但如今是我暇日游侣的雅兴,把我的心拉到他那里去;我也不知道这忽然的召唤,会引到什么突出的奇景!

九〇

当死神来叩你门的时候,你将以什么贡献他呢?

呵,我要在我客人面前,摆上我的满斟的生命之杯——我决不让他空手回去。

我一切的秋日和夏夜的丰美的收获,我匆促的生命中的一切获得和收藏,在我临终,死神来叩我的门的时候,我都要摆在他的面前。

九一

呵,你这生命最后的完成,死亡,我的死亡,来对我低语罢!

我天天的在守望着你;为你,我忍受着生命中的苦乐。

我的一切存在,一切所有,一切希望和一切的爱,总在深深的秘密中向你奔流。你的眼睛向我最后一盼,我的生命就永远是你的。

花环已为新郎编好。婚礼行过,新娘就要离家,在静夜里和她的主人独对了。

九二

我知道这日子将要来到,当我眼中的人世渐渐消失,生命默默的向我道别,把最后的帘幕拉过我的眼前。

但是星辰将在夜中守望,晨曦仍旧升起,时间像海波的汹涌,激荡着欢乐与哀伤。

当我想到我的时间的终点,时间的隔栏便破裂了,在死的光明中,我看见了你的世界和这世界里弃置的珍宝。最低的坐位是极其珍奇的,最小的生物也是世间少有的。

我追求而未得到和我已经得到的东西——让它们过去罢。只让我真正地据有了那些我所轻视和忽略的东西。

九三

我已经请了假。弟兄们,祝我一路平安罢!我向你们大家鞠了躬就启程了。

我把我门上的钥匙交还——我把房子的所有权都放弃了。我只请求你们最后的几句好话。

我们做过很久的邻居,但是我接受的多,给予的少。现在天已破晓,我黑暗屋角的灯光已灭。召命已来,我就准备启行了。

九四

在我动身的时光,祝我一路福星罢,我的朋友们!天空里晨光辉煌,我的前途是美丽的。

不要问我带些什么到那边去。我只带着空空的手和企望的心。

我要戴上我婚礼的花冠。我穿的不是红褐色的行装,虽然间关险阻,我心里也没有惧怕。

旅途尽处,晚星将生,从王宫的门口将弹出黄昏的凄乐。

九五

当我刚跨过此生的门槛的时候,我并没有发觉。

是什么力量使我在这无边的神秘中开放,像一朵嫩蕊,午夜在森林里开花!

早起我看到光明,我立时觉得在这世界里我不是一个生人,那不可思议,不可名状的,已以我自己母亲的形象,把我抱在怀里。

就是这样,在死亡里,这同一的不可知者又要以我熟识的面目出现。因为我爱今生,我知道我也会一样的爱死亡。

当母亲从婴儿口中拿开右乳的时候,他就啼哭,但他立刻又从左乳得到了安慰。

九六

当我走的时候,让这个作我的别话罢,就是说我所看过的是卓绝无比的。

我曾尝过在光明海上开放的莲花里的隐蜜,因此我受了祝福——让这个作我的别话罢。

在这形象万千的游戏室里,我已经游玩过,在这里我已经瞥见了那无形象的他。

我浑身上下因着那无从接触的他的摩抚而喜颤;假如死亡在这里来临,就让它来好了——让这个作我的别话罢。

九七

当我是同你做游戏的时候,我从来没有问过你是谁。我不懂得羞怯和惧怕,我的生活是热闹的。

清晨你就来把我唤醒,像我自己的伙伴一样,带着我跑过林野。

那些日子,我从来不想去了解你对我唱的歌曲的意义。我只随声附和,我的心应节跳舞。

现在,游戏的时光已过,这突然来到我眼前的情景是什么呢?世界低下眼来看着你的双脚,和它的肃静的众星一同敬畏地站着。

九八

我要以胜利品,我的失败的花环,来装饰你。逃避不受征服,是我永远做不到的。

我准知道我的骄傲会碰壁,我的生命将因着极端的痛苦而炸裂,我的空虚的心像一枝空苇呜咽出哀音,顽石也融成眼泪。

我准知道莲花的百瓣不会永远闭合,深藏的花蜜定将显露。

从碧空将有一只眼睛向我凝视,在默默地召唤我。我将空无所有,绝对的空无所有,我将从你脚下领受绝对的死亡。

九九

  当我放下舵盘,我知道你来接收的时候到了。当做的事立刻要做了。挣扎是无用的。

  那就把手拿开,静默的承认失败罢,我的心呵,要想到能在你的岗位上默坐,还算是幸运的。

  我的几盏灯都被一阵阵的微风吹灭了,为想把它们重新点起,我屡屡的把其他的事情都忘却了。

  这次我要聪明一点,把我的席子铺在地上,在暗中等候;什么时候你高兴,我的主,悄悄的走来坐下罢。

我跳进形象海洋的深处,希望能得到那无形象的完美的珍珠。

我不再以我的旧船去走遍海港,我乐于弄潮的日子早已过去了。

现在我渴望死于不死之中。

我要拿起我的生命的弦琴,进入无底深渊旁边,那座涌出无调的乐音的广厅。

我要调拨我的琴弦,和永恒的乐音合拍,当它呜咽出最后的声音时,就把我静默的琴儿放在静默的脚边。

我这一生永远以诗歌来寻求你。它们领我从这门走到那门,我和它们一同摸索,寻求着,接触着我的世界。

我所学过的功课,都是诗歌教给我的;它们把捷径指示给我,它们把我心里地平线上的许多星辰,带到我的眼前。

它们整天的带领我走向苦痛和快乐的神秘之国,最后,在我旅程终点的黄昏,它们要把我带到了哪一座宫殿的门首呢?

我在人前夸说我认得你。在我的作品中,他们看到了你的画像。他们走来问我:"他是谁?"我不知道怎么回答。我说:"真的,我说不出来。"他们斥责我,轻蔑地走开了。你却坐在那里微笑。

我把你的事迹编成不朽的诗歌。秘密从我心中涌出。他们走来问我:"把所有的意思都告诉我们罢。"我不知道怎样回答。我说:"呵,谁知道那是什么意思!"他们哂笑了,鄙夷至极地走开。你却坐在那里微笑。

一〇三

在我向你合十膜拜之中,我的上帝,让我一切的感知都舒展在你的脚下,接触这个世界。

像七月的湿云,带着未落的雨点沉沉下垂,在我向你合十膜拜之中,让我的全副心灵在你的门前俯伏。

让我所有的诗歌,聚集起不同的调子,在我向你合十膜拜之中,成为一股洪流,倾注入静寂的大海。

像一群思乡的鹤鸟,日夜飞向他们的山巢,在我向你合十膜拜之中,让我全部的生命,启程回到它永久的家乡。

·新月集·

（郑振铎　译）

家　庭

　　我独自在横跨过田地的路上走着，夕阳像一个守财奴似的，正藏起它最后的金子。

　　白昼更加深沉地投入黑暗之中，那已经收割了的孤寂的田地，默默地躺在那里。

　　天空里突然升起了一个男孩子的尖锐的歌声，他穿过看不见的黑暗，留下他的歌声的辙痕，跨过黄昏的静谧。

　　他的乡村的家坐落在荒凉的土地的边上，在甘蔗田的后面，躲藏在香蕉树、瘦长的槟榔树、椰子树和深绿色的贾克果树的阴影里。

　　我在星光下独自走着的路上停留了一会，我看见黑沉沉的大地展开在我的面前，用她的手臂拥抱着无数的家庭，在那些家庭里，有着摇篮和床铺，母亲们的心和夜晚的灯，还有年轻的生命，他们满心欢乐，却浑然不知这样的欢乐对于世界的价值。

海 边

小孩子们会集在这无边际的世界的海边。

无限的天穹静止地临于头上,不息的海水在足下汹涌着。小孩子们会集在这无边无际的世界的海边,叫着跳着。

他们拿沙来建筑房屋,拿空贝壳来做游戏。他们把落叶编成了船,微笑地把他们放到广大的深海上。小孩子们在这世界的海边,做他们的游戏。

他们不知道怎样泅水,他们不知道怎样放网。采珠的人为了珠下水,商人在他们的船上航行,小孩子们却只把小圆石聚了又散。他们不搜求藏宝;他们不知道怎样放网。

海水带着笑掀起波浪,海边也淡淡地闪耀着微笑。致人死命的波涛,对着小孩子们唱无意义的歌曲,很像一个摇动她孩子的摇篮时的母亲,海水和小孩子们一同游戏,海边也淡淡地闪耀着微笑。

小孩子们会集在这无边无际的海边。狂风暴雨飘游在无辙迹的天空上,航船沉碎在无辙迹的海水里,死正在外面走着,小孩子们却在游戏。在这无边无际的世界的海上,小孩子们大会集着。

来　源

　　流泛在孩子两眼的睡眠——有谁知道他是从什么地方来的？是的，有个谣传，说他是住在萤火虫朦胧地照着的林影里的仙村里，在那个地方挂着两个迷人的惴怯的蓓蕾。他便是从那个地方来吻着孩子的两眼的。

　　当孩子睡时，微笑在他唇上浮动着——有谁知道他是从什么地方生出来的？是的，有个谣传，说，一线新月的幼嫩的清光，触着将消未消的秋云边上，微笑便在那个地方初生在一个浴在清露里的早晨的梦中了。

　　甜蜜柔嫩的新鲜情景，在孩子的四肢上展放着——有谁知道他在什么地方藏得这样久？是的，当母亲是一个少女的时候，他已在爱的温柔而沉静的神秘中，潜伏在她的心里——甜蜜柔嫩的新鲜情景，在孩子的四肢上展放着。

孩童之道

只要孩童是愿意,他此刻便可飞上天去。
他所以不离开我们,并不是没有原故①。

他爱把他的头倚在母亲的胸间,就是一刻不见她,也是不行的。
孩童知道所有各种的聪明话,虽然这些话世间的人很少懂得它们的意义。
他所以永不想说,并不是没有原故。
他所要的一件事,就是要去学从母亲的唇里说出来的话。那就是他所以看来这样天真的缘故了。

孩童有了一堆黄金与珠子,但他到这个世界上来,却像一个乞丐。
他所以这样假装了来,并不是没有原故。
这个可爱的小小的裸着身体的乞丐所以假装着完全无助的样子,便是想要乞求母亲的爱的资产。

孩童在纤小的新月的世界里,是一切束缚都没有的。
他所以弃了他的自由,并不是没有原故。
他知道有无穷的快乐藏在母亲的心的小小一隅里,被母亲亲爱的手臂所提所抱,其甜美远胜过自由。

---

① 现在规范词形写作"缘故"。

孩童永不知道如何啼哭。他所住的是完全的乐土。

他所以要流泪，并不是没有原故。

虽然他用了可爱的脸儿上的微笑，引逗得他母亲的热望的心向着他，然而他的因为细故而啼的小哭声却编成了怜与爱的两股带子。

不被注意的花饰

啊,谁给那件小外衫染上颜色的,我的孩子,谁使你的温软的肢体穿上那件红的小外衫的?

你在早晨就跑出来到天井里玩儿,你,跑着就像摇摇欲跌似的。

但是谁给那件小外衫染上颜色的,我的孩子?

什么事叫你大笑起来的,我的小小的命芽儿?

妈妈站在门边,微笑地望着你。

她拍着她的双手,她的手镯叮当①地响着,你手里拿着你的竹竿儿在跳舞,活像一个小小的牧童。

但是什么事叫你大笑起来的,我的小小的命芽儿?

喔,乞丐,你双手攀搂住妈妈的头颈,要乞讨些什么?

喔,贪得无厌的心,要我把整个世界从天上摘下来,像摘一个果子似的,把它放在你的一双小小的玫瑰色的手掌上么?

喔,乞丐,你要乞讨些什么?

风高兴地带走了你踝铃的叮当。

太阳微笑着,望着你的打扮。

当你睡在你妈妈的臂弯里时,天空在上面望着你,而早晨蹑手蹑脚地走到你的床跟前,吻着你的双眼。

---

① 现在一般写作"叮当"。

风高兴地带走了你踝铃的叮当。

仙乡里的梦婆飞过朦胧的天空,向你飞来。
在你妈妈的心头上,那世界母亲,正和你坐在一块儿。
他,向星星奏乐的人,正拿着他的横笛,站在你的窗边。
仙乡里的梦婆飞过朦胧的天空,向你飞来。

偷睡眠者

谁从孩子的眼里把睡眠偷了去呢?我一定要知道。

母亲把她的水罐捧在腰间,走到近村汲水去了。

这是正午的时候。孩子们游戏的时间已经过去了;池中的鸭子沉默无声。

牧童躺在榕树的荫下睡着了。

白鹤庄重而静定地立在檬果树①边的泥泽里。

就在这个时候,偷睡眠者便来了,她从孩子的两眼里捉住睡眠,便飞去了。

当母亲回来时,她看见孩子四肢着地地在屋里爬着。

谁从孩子的眼里把睡眠偷了去呢?我一定要知道。我定要找到她,把她锁起来。

我定要向那个黑洞里张望着,在这个洞里,有一道小泉从圆的和有皱纹的石上滴下来。

我定要在醉句蓝②林中的阴沉沉的树影搜寻去,在这个林里,鸽子在它们住的地方咕咕地叫着,仙女的脚环在繁星满天的静夜里叮当地响着。

我要在黄昏时,向竹林的萧萧的静景里窥望着,在这林中,萤火虫

---

① 即芒果树。
② 醉句蓝花(Bakula)译义作"醉花",学名 mimusopselengi。印度传说美女口中吐出香液,此花始开。

闪闪地耗费它们的光明,只要遇见一个人,我便要问道:"谁能告诉我偷睡眠者住在什么地方呢?"

  谁从孩子的眼里把睡眠偷了去呢?我一定要知道。
  只要我能捉住她,怕不会给她一顿好教训!
  我要闯入她的巢穴,看她把所有偷来的睡眠藏在什么地方。
  我要把它都夺了来,带回家去。
  我要把她的双翼缚得紧紧的,把她放在河岸,然后叫她拿一根芦草,在灯心草① 和睡莲间钓鱼为戏。
  当黄昏时,街上已经收了市,村里的孩子们都坐在她母亲的膝上,于是那些夜鸟便讥笑地在她耳边说道:
  "你现在还想偷谁的睡眠呢?"

---

  ① 现写作"灯芯草"。

开　始

"我是从哪儿来的，你，在哪儿把我捡起来的？"孩子问他的妈妈说。

她把孩子紧紧地搂在胸前，半哭半笑地答道——

你曾被我当做心愿藏在我的心里，我的宝贝。

你曾存在于我孩童时代玩的泥娃娃身上；每天早晨我用泥土塑造我的神像，那时我反复地塑了又捏碎了的就是你。

你曾和我们的家庭守护神一同受到祀奉，我崇拜家神时也就崇拜了你。

你曾活在我所有的希望和爱情里，活在我的生命里，我母亲的生命里。

在主宰着我们家庭的不死的精灵的膝上，你已经被抚育了好多代了。

当我做女孩子的时候，我的心的花瓣儿张开，你就像一股花香似地散发出来。

你的软软的温柔，在我的青春的肢体上开花了，像太阳出来之前的天空上的一片曙光。

上天的第一宠儿，晨曦的孪生兄弟，你从世界的生命的溪流浮泛而下，终于停泊在我的心头。

当我凝视你的脸蛋儿的时候，神秘之感淹没了我；你这属于一切人的，竟成了我的。

为了怕失掉你，我把你紧紧地搂在胸前。是什么魔术把这世界的宝贝引到我这双纤小的手臂里来呢？

孩童的世界

我愿我能在我孩童的世界之心里，占一角清净地。

我知道有群星同他说话，天空也在他面前垂下，用蒙蒙的云和彩虹来愉悦他。

那些大家以为他是哑的人，那些看去像是永不会走动的人，都来，都带了他们的故事，捧了满装着玩具的盘子，匍匐地来到他的窗前。

我愿我能在横过孩童心中的道路上游行，超越了一切的束缚；

在那儿，使者奉了无所谓的使命奔走于无史的诸王的王国间；

在那儿，理智以她的法律造为纸鸢而飞放，真理也使事实从桎梏中自由了。

时候与原因

当我给你五颜六色的玩具的时候，我的孩子，我明白了为什么云上水上是这样的色彩缤纷，为什么花朵上染上绚烂的颜色的原因了——当我给你五颜六色的玩具的时候，我的孩子。

当我唱着使你跳舞的时候，我真的知道了为什么树叶儿响着音乐，为什么波浪把它们的合唱的声音送进静听着的大地的心头的原因了——当我唱着使你跳舞的时候。

当我把糖果送到你贪得无厌的双手上的时候，我知道了为什么在花萼里会有蜜，为什么水果里会秘密地充溢了甜汁的原因了——当我把糖果送到你贪得无厌的双手上的时候。

当我吻着你的脸蛋儿叫你微笑的时候，我的宝贝，我的确明白了在晨光里从天上流下来的是什么样的快乐，而夏天的微风吹拂在我身体上的又是什么样的爽快——当我吻着你的脸蛋儿叫你微笑的时候。

责　备

为什么你眼里有了眼泪，我的孩子？

他们真是可怕，常常无谓地责备你！

你写字时墨污了你的手和脸——这就是他们所以骂你不洁的原故么？

呵，不对呀！他们也敢因为圆圆的月用墨涂了脸，便骂她为不洁么？

他们总要为了一件小事去责备你，我的孩子。他们总是无谓地寻人错处。

你游戏时扯破了你的衣裳——这就是他们所以说你不守规矩的原故么？

呵，不对呀！秋之晨从他的破碎的云衣中露出微笑，那么，他们要叫他什么呢？

他们对你说什么话，尽管可以不理他，我的孩子。

他们正把你做错的事列成一个长表。

谁都知道你是十分喜欢甜的东西的——这就是他们所以称你做贪婪的原故么？

呵！不对呀！我们是喜欢你的，那么，他们要叫我们什么呢？

审判官

你想说他什么尽管说罢,但是我知道我孩子的错处。

我爱他并不因为他好,只是因为他是我的孩子。

你如果把他的好处与坏处两两相权一下,恐怕你就会知道他是如何的可爱罢?

当我必须责罚他的时候,他更要成了我身的一部分了。

当我使他眼泪流出时,我的心也和他同哭了。

只有我才有权去骂他,去责罚他,因为只有爱人的才能惩戒人。

玩 具

孩子，你真是快活呀，一早晨坐在泥土里，耍着折下来的小树枝儿。

我微笑地看你在那里耍着小枝的碎梗。

我正忙着算账，一小时一小时在那里加叠数字。

也许你在看我，想道："这种好没趣的游戏，竟把你的一早晨的好时间夺去了！"

孩子，我忘了聚精会神耍枝子与泥饼的方法了。

我找出贵重的玩具，收集起金块，银块。

你呢，无论找到什么便去做你的快乐的游戏，我呢，却把我的时间与力气都费在那些我永不能得到的东西上。

我在我的脆薄的独木船里，奋勉地航过欲望之海，竟忘了我也是在那里做游戏了。

天文家

我不过说:"当傍晚圆圆的满月挂在劫丹波①的枝头时,有人能去捉它么?"

哥哥却对我笑道:"孩子呀,你真是我第一次看见的傻孩子。月儿离我们这样远,谁能去捉它呢?"

我说:"哥哥,你真傻!当母亲向窗外探望,微笑地往下看着我们游戏时,你也能说她远么?"

哥哥还只是说:"你这傻孩子!但是,孩子,你到哪里去找大网,能捉得住这月儿的大网呢?"

我说:"你自然可以用双手去捉住它呀。"

但是哥哥笑道:"你真是我第一次才看见的傻孩子。如果月儿走近了,你便知道他是多大了。"

我说:"哥哥,你们学校里所教的,真是没有意义!当母亲低下脸儿向我们亲嘴时,她的脸看来也是很大的么?"

但是哥哥还只是说:"你真是一个傻孩子。"

---

① "劫丹波"原名 Kadam,亦作 Kadamba,学名 Namlea Cadamba,茜草属植物,开大黄色花,木材亦作黄色,为观赏植物,亦译为"迦谈闻花"。

云与波

母亲，住在云端的人对我唤道——

"我们从醒的时候游戏到白日终止。

我们与黄金色的曙光游戏，我们与银白色的月亮游戏。"

我问道："但是，我怎么能够上你那里去呢？"

他们答道："你到地球的边上来，举手向天，就可以被举于云端了。"

"我母亲在家里等我呢，"我说，"我怎么能离开她而来呢？"

于是他们微笑浮游而去。

但是我知道一件比这个更好的游戏，母亲。

我做云，你做月亮。

我用两只手遮盖你，我们的屋顶就是青碧的天空。

住在波上的人对我唤道——

"我们从早晨唱歌到晚上；我们前进前进地旅行，也不知我们所经过的是什么地方。"

我问道："但是我怎么能加入呢？"

他们告诉我说："来到岸旁，站在那里紧闭你的两眼，你就被带到波上来了。"

我说："我母亲傍晚的时候，常要我在家里——我怎么能离开她而去呢？"

于是他们微笑，跳舞地滚过去。

但是我知道一件比这个更好的游戏。我是波，你是奇异的岸。

我要流滚而进，进，进，带着笑，碎在你的膝上。

世界上没有一个人知道我们俩在什么地方。

金色花

设如我变了一朵"金色花"①,只为了好玩,生在那树的高枝上,笑着在风中摇摆,又在新生的树叶上跳舞,母亲,你会认识我么?

你要是叫道:"孩子,你在哪里呀?"我暗地在那里匿笑,却一声儿不响。

我要静悄悄地开了花瓣儿,看着你作工②。

当你沐浴后,湿发披在两肩,穿过"金色花"的林荫③,走到你做祷告的小庭院时,你会嗅到这花的香气,却不知道这香气是从我身上来的。

当你吃过中饭,坐在窗前读《罗摩衍那》④,树荫落在你的发与膝上时,我便要投我的小小的影子在你书上,正投在你所读的地方。

但是你会猜得出这就是你孩子的小影子么?

当你黄昏时拿了灯到牛棚里去,我便要突然地再落到地上来,又成了你的孩子,求你讲故事给我听。

"你到哪里去了,你这坏孩子?"

"我不告诉你,母亲。"这就是你同我那时所要说的话了。

---

① "金色花",原名 Champa,亦作 Champak,学名 Michelia Champaca,印度圣树,木兰花属植物,开金黄色碎花。译名亦作"瞻波伽"或"占博迦"。

② 现在一般写作"做工"。

③ 规范词形写作"林阴"。

④ 《罗摩衍那》(Ramavana)为印度叙事诗,相传系第五世纪 Valmi ki 作。全篇二万四千章,分为七卷,皆系叙述罗摩生平之作。罗摩即罗摩犍陀罗(Ramachandra),德萨罗札王(Dasaratha)之子,悉多(Sita)之夫。他于第二世(Treta Yaga)入世,为伟世奴神(Vishnu)第七化身。印人看他为英雄,有崇拜他似神的。

罗摩有三,都是传说上的人物:一即罗摩犍陀罗,二为婆罗萨罗摩(Parasa Rama),三为巴罗罗摩(Bala Rama)。普通说"罗摩"。都是指第一个。

仙人世界

如果人们知道了我的国王的宫殿在哪里，它就会消失在空气中的。

墙壁是白色的银，屋顶是耀眼的黄金。

皇后住在有七个庭院的宫苑里；她戴的一串珠宝，值得整整七个王国的全部财富。

不过，让我悄悄地告诉你，妈妈，我的国王的宫殿究竟在哪里。

它就在我们阳台的角上，在那栽着杜尔茜花的花盆放着的地方。

公主躺在远远的隔着七个不可逾越的重洋的那一岸沉睡着。

除了我自己，世界上便没有人能够找到她。

她臂上有镯子，她耳上挂着珍珠；她的头发拖到地板上。

当我用我的魔杖点触她的时候，她就会醒过来，而当她微笑时，珠玉将会从她唇边落下来。

不过，让我在你的耳朵边悄悄地告诉你，妈妈；她就住在我们阳台的角上，在那栽着杜尔茜花的花盆放着的地方。

当你要到河里洗澡的时候，你走上屋顶的那座阳台来罢。

我就坐在墙的阴影所聚会的一个角落里。

我只让小猫儿跟我在一起，因为它知道那故事里的理发匠住的地方。

不过，让我在你的耳朵边悄悄地告诉你，那故事里的理发匠到底住在哪里。

他住的地方，就在阳台的角上，在那栽着杜尔茜花的花盆放着的地方。

流放的地方

妈妈，天空上的光成了灰色了；我不知道是什么时候了。

我玩得怪没劲儿的，所以到你这里来了。这是星期六，是我们的休息日。

放下你的活计，妈妈；坐在靠窗的一边，告诉我童话里的特潘塔沙漠在什么地方？

雨的影子遮掩了整个白天。

凶猛的电光用它的爪子抓着天空。

当乌云在轰轰地响着，天打着雷的时候，我总爱心里带着恐惧爬伏到你的身上。

当大雨倾泻在竹叶子上好几个钟头，而我们的窗户被狂风震得格格发响的时候，我就爱独自和你坐在屋里，妈妈，听你讲童话里的特潘塔沙漠的故事。

它在哪里，妈妈，在哪一个海洋的岸上，在哪些个山峰的脚下，在哪一个国王的国土里？

田地上没有此疆彼壤的界石，也没有村人在黄昏时走回家的，或妇人在树林里捡拾枯枝而捆载到市场上去的道路。沙地上只有一小块一小块的黄色草地，只有一株树，就是那一对聪明的老鸟儿在那里做窝的，那个地方就是特潘塔沙漠。

我能够想象得到，就在这样一个乌云密布的日子，国王的年轻的儿子,怎样地独自骑着一匹灰色马,走过这个沙漠,去寻找那被囚禁在不可知的重洋之外的巨人宫里的公主。

当雨雾在遥远的天空下降,电光像一阵突然发作的痛楚的痉挛似地闪射的时候,他可记得他的不幸的母亲,为国王所弃,正在扫除牛棚,眼里流着眼泪,当他骑马走过童话里的特潘塔沙漠的时候?

看,妈妈,一天还没有完,天色就差不多黑了,那边村庄的路上没有什么旅客了。

牧童早就从牧场上回家了,人们都已从田地里回来,坐在他们草屋的檐下的草席上,眼望着阴沉的云块。

妈妈,我把我所有的书本都放在书架上了——不要叫我现在做功课。

当我长大了,大得像爸爸一样的时候,我将会学到必须学的东西的。

但是,今天你可得告诉我,妈妈,童话里的特潘塔沙漠在什么地方?

雨 天

雨云很快地集在森林的黑缨上面。

孩子，你不要出去呀！

湖边的一行棕树，用他们的头向暝暗的天空打着，敛着双翼的乌鸦们，静悄悄地栖在罗望子的枝上，河的东岸正为乌沉沉的暝色所侵袭。

我们的牛系在篱上，高声鸣着。

孩子，在这里等，等我先把牛牵进牛栏里去。

许多人都挤在池水泛滥的田间，捉那从泛滥的池中逃出来的鱼儿；雨水成了小河，流过狭弄，好像一个笑着的孩子从他母亲那里跑开，故意要恼她一样。

听呀，有人在浅滩上喊船夫呢。

孩子，天色暝暗了，渡头的摆渡已停了。

天空好像是在滂沱的雨上快跑着；河里的水喧叫而且暴躁；妇人们早已拿了汲满了水的水瓶，从恒河畔匆匆地回家。

夜里用的灯，要预备好了。

孩子，不要出去呀！

到市场去的大道已没有人走，到河边去的小路又是很滑的。风在竹林里咆哮着，挣扎着，好像一只落在网中的野兽。

纸　船

我每天把纸船一个个放在急流的溪中。

我用大黑字写我的名字和我住的地名在纸船上。

我希望住在异地的人得到了这纸船,就知道我是谁。

我把园中长的希利花载在这些小船上,希望这些黎明开的花能在夜里平平安安地带到岸上。

我投我的纸船到水里,仰看天空,看见小朵的云正张着满鼓着风的白帆。

我不知道是不是天上的游伴把这些船放下来同我的船比赛!

夜来了,我的脸埋在手臂里,梦见我的纸船在中夜的星辰下面渐渐地浮泛上去。

"睡之仙人"坐在船里,带着他们满载着梦的篮子。

水 手

船夫曼特胡的船只停泊在拉琪根琪码头。

这只船无用地装载着黄麻,无所事事地停泊在那里已经好久了。

只要他肯把他的船借给我,我就给它安装一百只桨,扬起五个或六个或七个布帆来。

我决不把它驾驶到愚蠢的市场上去。

我将航行遍仙人世界里的七个大海和十三条河道。

但是,妈妈,你不要躲在角落里为我哭泣。

我不会像罗摩犍陀罗①似的,到森林中去,一去十四年才回来。

我将成为故事中的王子,把我的船装满了我所喜欢的东西。

我将带我的朋友阿细和我做伴,我们要快快乐乐地航行于仙人世界里的七个大海和十三条河道。

我将在绝早的晨光里张帆航行。

中午,你正在池塘里洗澡的时候,我们将在一个陌生的国王的国土上了。

我们将经过特浦尼浅滩,把特潘塔沙漠抛落在我们的后边。

当我们回来的时候,天色快黑了,我将告诉你我们所见到的一切。

我将越过仙人世界里的七个大海和十三条河道。

---

① 罗摩犍陀罗即罗摩。他是印度叙事诗《罗摩衍那》中的主角。为了尊重父亲的诺言和维持弟兄间的友爱,他抛弃了继承王位的权利,和妻子悉多在森林中被放逐了十四年。

对　岸

我想走过河的对岸去，

在那边，船只一行儿系在竹竿上；

人们在他们的船上，清早的渡过那边去，犁头置在肩上，去耕耘他们的远处的田；

在那边，牧人们使他们鸣叫着的牛游泳到河旁的牧场上去；

黄昏的时候，他们都回家了，只留着豺狼在这满长着野草的岛上哀叫。

母亲，如果你不在意，我长成的时候，要做这岸边的渡夫。

他们说有好些奇异的池塘藏在这个高岸之后，

雨过去了，一群一群的野鹜飞到那里去；茂厚的芦草在岸边四围生长，水鸟生他们的蛋在里面；

竹鸡们，带着他们的跳舞的尾巴印他们细小的足印在整齐的软泥上；

黄昏的时候，长草顶着白花邀月光在他们的波浪上浮游。

母亲，如果你不在意，我长成的时候要做这渡船里的渡夫。

我要自此岸至彼岸，渡过来，渡过去，所有村中的男孩女孩，他们正在沐浴，都要奇怪我。

太阳升到中天，早晨变为正午了，我将跑到你那里去，说道："母亲，我饿了！"

日已完了,影子俯伏在树底下,我便要在黄昏中回家来。

我将永不同父亲一样,离开你到城里去做事。

母亲,如果你不在意,我长成的时候要做这渡船里的渡夫。

花的学校

当雷云在天上轰响着,六月的大雨落下的时候,
润湿的东风走过荒野,在竹林中吹着口笛。
于是一群一群的花从无人知的地方突然走出来,在绿草上狂乐地跳着舞。

母亲,我实在以为群花是在地下上学的。
他们关了门上课,如果他们想在散学以前出外游戏,他们的先生是要罚他们站壁角的。

雨一来时,他们便放假了。
树枝在林中互相抵触着,绿叶在狂风里萧萧地响着,雷云拍着大手,花孩子们便在那时候穿了紫的,黄的,白的衣,急急地跑了出来。

你要知道,母亲,他们的家是在天上,在群星所住的地方。
你没有看见他们怎样想着要到那儿去么?你不知道他们为什么要那样匆忙么?
我自然能够猜得出他们是对谁扬起双臂来:他们也有母亲同我一样。

商 人

母亲,我们想象着,你住在家里,我到异邦去旅行。

再想象着,我的船已载了满船的东西,停在码头。

现在,母亲,先慢慢地想着,然后再告诉我,回来的时候要带些什么给你。

母亲,你要一堆一堆的黄金么?

在金河的两岸,田野里全是金色的稻实。

在林荫的路上,黄色花①也一朵一朵地落在地。

我要为你把它们全都收拾起来,放在好几百个篮子里。

母亲,你要像秋天的雨点一般大的珍珠么?

我要渡海到珍珠岛的岸上去。

那个地方,在清晨的曙光里,珠子都在草地的野花上颤动,珠子都落在绿草上,珠子都被汹狂的海浪撒在沙滩,成为水花。

我的哥哥呢,我要送他两只有翼的马,会在云端飞着的。

父亲呢,我要带一支有魔力的笔给他,那支笔不要父亲知道,它自己便会写出字来。

你呢,母亲,我一定要把那个值得七个王国的箱子和珠宝送给你。

---

① 即前文所说的金色花,见 p38 "The Champa Flower"。

同 情

如果我是一只小狗,而不是你的小孩,亲爱的母亲,当我想吃你的碟中之物时,你要向我说"不"吗?

你要拉开我,对我说"滚开,你这无用的小狗"吗?

那么,走罢,母亲,走罢!当你叫唤我的时候,我要永不到你那里去,也永不要你再养活我了。

如果我是一只绿色的小鹦鹉,而不是你的小孩,亲爱的母亲,你要防守我的链子怕我飞走么?

你要对我摇你的手,说"怎样一个不知感恩的贱鸟呀!整日整夜地只啮它的链子"么?

那么,走罢,母亲,走罢!我要跑到树林里去;我将永不再叫你抱我在你的臂里了。

职 业

早晨十点钟时,我沿着我们的街巷到学校里去,

每天在这个时候,我都遇见那个小贩,他叫道:"镯子,透明的镯子!"

他不受事务的催促,他随意地走过这条街那条街,他没有一定的地方要去,他又没有一定的时间要回家。

我愿意我是一个小贩,在街上过日子,叫着:"镯子,透明的镯子!"

下午四点钟时,我从学校里回家,

从一家门口,我看见一个园丁在那里掘地。

他用他的锄子,要怎么掘,便怎么掘,他被尘土污了衣裳,他或去晒太阳或是身上湿了,都没有人去骂他。

我愿意我是一个园丁,在花园里掘地,谁也不来阻止我。

天色刚黑时,母亲送我上床,

从开着的窗口,我能看见更夫在街上走来走去。

街上又黑又冷清,路灯立在那里,像一个头上生着一只红眼睛的巨人。

更夫摇着他的提灯,走来走去,他的影子也随在他身旁走着,他一生没有上床去过。

我愿意我是一个更夫,整夜在街上走,提了灯去追逐影子。

长　者

母亲，你的孩子是很傻的，她竟是这样的一个呆孩子！

她不知道街上的灯和天上的星的分别。

当我们游戏着，把小石当做食物时，她便以为它们真是吃的东西，竟想放进嘴里去。

当我翻开一本书，放在她面前，要她读 a、b、c，她却用手把书页撕了，无端快活地叫起来，这就是你的孩子读书的样子。

当我生气地对她摇头，骂着她，叫她玩皮①时，她却笑着，以为很有趣。

谁都知道父亲不在家，但如我高声戏叫一声"父亲"，她便要高兴地四面望着，以为父亲真是在近处。

当我把洗衣人带来载衣服回去的驴子当做学生，我警告她说，我是先生，她却无故地叫起我哥哥来。

你的孩子要捉住月亮。她是这样的可笑；她把 Ganesh② 叫做 Gānush。

母亲，你的孩子是很傻的，她竟是这样的一个呆孩子！

---

① 现在规范词形写作"顽皮"。
② Ganesh 是印度的一个普遍名字，也是象头神之名。

小大人

我是细小的,因为我是一个小孩子。到了我像父亲一样老时,便要变大了。

我的先生要是走来说道:"时候晚了,把你的石板、你的书拿来。"

我便要告诉你道:"你不知道我已是同父亲一样大了么?我决不再学什么功课了。"

我的先生便将惊异地说道:"他读书不读书可以随便,因为他是大人了。"

我将自己穿了衣裳,走到众人拥挤的市场里去。

我的叔父要是跑过来说:"你要迷路了,我的孩子;让我带了你去罢。"

我便要回答道:"你没有看见么,叔父,我已是同父亲一样大了。我决定要独自一个人到市场里去。"

叔父便将说道:"是的,他随便要到哪里去都可以,因为他是大人了。"

当我正把钱给我乳娘时,母亲便要从浴室中出来,因为我是知道怎样用我的钥匙去开银箱的。

母亲就会说道:"你做什么呀,坏孩子?"

我便要告诉她道:"母亲,你不知道,我已是同父亲一样大了,我必须给乳娘钱。"

母亲便将自语道:"他可以随便把钱给他所喜欢给的人,因为他是大人了。"

当十月里放假的时候,父亲将要回家,他以为我还是一个孩子,还为我从城里带了小鞋子、小绸衫来。

我便要说道:"父亲,把这些东西给了哥哥罢,因为我已是同你一样大了。"

父亲便会想了一想,说道:"他可以随便去买他自己穿的衣裳,因为他是大人了。"

十二点钟

妈妈,我真不想现在做功课了。我整个早晨都在念书呢。

你说,现在还不过是十二点钟。假定不会晚过十二点罢;难道你不能把不过是十二点钟想象成下午么?

我能够容容易易地想象:现在太阳已经到了那片稻田的边缘上了,老态龙钟的渔婆正在池边采撷香草做她的晚餐。

我闭上了眼就能够想到,马塔尔树下的阴影是更深黑了,池塘里的水看来黑得发亮。

假如十二点钟能够在黑夜里来到,为什么黑夜不能在十二点钟的时候来到呢?

著作家

你说父亲写了许多书,但我却不懂他所写的是什么。

他整个黄昏把书读给你听,但是你真能懂得他的意义吗?

母亲,你讲给我们的故事,真是好听呀!我很奇怪父亲为什么不能写像那样的书呢?

难道他始终没有从他自己的母亲那里听见过巨人和神仙和公主的故事么?

还是已把他们全忘记了?

常常的,当他要沐浴时,总是耽搁着,你总要走去叫他一百多次。

你总要等候着,把他的菜温着等他,但他忘了,还尽管写下去。

父亲常常以著书为游戏。

如果我一走进父亲房里去游戏,你就要叫道:"真是一个坏孩子!"

如果我轻轻地响了一下,你就要说:"你没有看见你父亲正在工作么?"

常常地写了又写,有什么趣味呢?

当我拿起父亲的笔或铅笔,像他一模一样地在他书上写着——a, b, c, d, e, f, g, h, i——那时你为什么阻拦着我写呢,母亲?

父亲写时,你却不说一句话。

当我父亲耗费了那许多纸时,母亲,你似乎全不在意。

如果我只取了一张纸去做一只船,你却要说:"孩子,你真是淘气!"

对于父亲拿黑点子涂满了纸的两面、污损了许多许多张纸,你心里以为怎样呢?

恶邮差

你为什么坐在那边地板上不言不动的,告诉我呀,亲爱的母亲?

雨从开着的窗口打进来了,你身上全打湿了,你却不管。

你听见钟已打了四下么?正是哥哥从学校里回家的时候了。

到底发生了什么事,你为什么神色这样不对?

你今天没有接到父亲的信么?

我看见邮差在他袋里带了许多的信来,几乎镇里的每个人都分送到了。

只有,只有父亲的信,他要藏起来给他自己读。我敢肯定这个邮差是个坏人。

但是不要因此不乐呀,亲爱的母亲。

明天是邻村市集的日子。你叫女仆去买些笔和纸来。

我自己会写一切父亲所写的信;使你找不出一点错处来。

我要从 A 字一直写到 K 字。

但是,母亲,你为什么笑呢?

你不相信我能写得同父亲一样好!

但是我将用心画纸格,把所有的字母都大大地美丽地写出来。

当我写好时,你以为我也像父亲那样傻,把它投入可怕的邮差的袋中么?

我立刻就自己送来给你,还一个字母、一个字母地帮助你读。

我知道那邮差是不肯把真正的好信送给你的。

英　雄

妈妈，让我们想象我们正在旅行，经过一个陌生而危险的国土。

你坐在一顶轿子里，我骑着一匹红马，在你旁边跑着。

是黄昏的时候，太阳已经下山了。约拉地希的荒地疲乏而灰暗地展开在我们面前，大地是凄凉而荒芜的。

你害怕了，想道——"我不知道我们到了什么地方了。"

我对你说道："妈妈，不要害怕。"

草地上刺蓬蓬地长着针尖似的草，一条狭而崎岖的小道通过这块草地。

在这片广大的地面上看不见一只牛；它们已经回到它们村里的牛棚去了。

天色黑了下来，大地和天空都显得朦朦胧胧的，而我们不能说出我们正走向什么所在。

突然间，你叫我，悄悄地问我："靠近河岸的是什么火光呀？"

正在那个时候，一阵可怕的呐喊声爆发了，好些人影子向我们跑过来。

你蹲坐在你的轿子里，嘴里反复地祷念着神的名字。

轿夫们怕得发抖，躲藏在荆棘丛中。

我向你喊道："不要害怕，妈妈，有我在这里。"

他们手里执着长棒，头发披散着，越走越近了。

我喊道："要当心！你们这些坏蛋！再向前走一步，你们就要送命了。"

他们又发出一阵可怕的呐喊声，向前冲过来。

你抓住我的手，说道："好孩子，看在上天面上，躲开他们罢。"

我说道："妈妈，你瞧我的。"

于是我刺策着我的马匹，猛奔过去，我的剑和盾彼此碰着作响。

这一场战斗是那么激烈，妈妈，如果你从轿子里看得见的话，你一定会发冷战的。

他们之中，许多人逃走了，还有好些人被砍杀了。

我知道你那时独自坐在那里，心里正在想着，你的孩子这时候一定已经死了。

但是我跑到你的跟前，浑身溅满了鲜血，说道："妈妈，现在战争已经结束了。"

你从轿子里走出来，吻着我，把我搂在你的心头，你自言自语地说道：

"如果没有我的孩子护送我，我简直不知道怎么办才好。"

一千件无聊的事天天在发生，为什么这样一件事不能够偶然实现呢？

这很像一本书里的一个故事。

我的哥哥要说道："这是可能的事么？我老是在想，他是那么嫩弱呢！"

我们村里的人们都要惊讶地说："这孩子正巧和他妈妈在一起，这不是很幸运么？"

告　别

是我走的时候了，母亲；我走了。

当清寂的黎明，你在暗中，伸出双臂，要抱你睡在床上的孩子时，我要说道："孩子不在那里呀！"——母亲，我走了。

我要变成一股清风抚摸着你，我要变成水中的小波，当你沐浴时把你吻了又吻。

大风之夜，当雨点在树叶中淅沥时，你在床上，会听见我的微语，当电光从开着的窗口闪进你的屋里时，我的笑声也偕了它一同闪进了。

如果你醒着躺在床上，想着你的孩子到了深夜，我便要从群星里向你唱道："睡吧，母亲，睡吧。"

我要坐在照彻各处的月光上，偷到你的床上，乘你睡着时，躺在你的胸上。

我要变成一个梦儿，从你眼皮的小孔中，钻到你睡眠的深处；当你醒过来吃惊地四看时，我便如闪耀的萤火似的熠熠地向暗中飞去了。

当普耶大祭日[①]，邻家的孩子们来屋里游玩时，我便要融化在笛声里，整日在你心头震荡。

亲爱的阿姨带了普耶礼[②]来，问道："我的孩子在哪里呢，姐姐？"母亲，你要柔声地告诉她："他呀，他现在是在我的瞳人[③]里，他现在是在我的身体里，在我的灵魂里。"

[①] 普耶原文为 Puja，同 Pooja，梵语"崇拜"印度人对于典礼的崇拜都叫 Puja，并无一定的节。这里所谓"普耶大祭日"是随意指印度的某一个大祭神日。
[②] 普耶礼就是指某一个节日亲友相互馈送的礼物。
[③] 现在一般写作"瞳仁"。

追　唤

她走的时候，夜间黑漆漆的，他们都睡了。

现在，夜间也是黑漆漆的，我唤她道："回来，我爱；世界都在沉睡；当群星互相凝视的时候，你来一会儿是没有人会知道的。"

她走的时候，树木刚在萌芽，春光正幼。

现在花盛开了，我唤道："回来，我爱。孩子们漫不经心地游戏，把花聚了一块，又把它们散开了。你如走来，拿一朵小花去，没有人会觉得失了它的。"

他们常常游戏的，还在那里游戏，生命如此的浪费。

我静听他们的空谈，便唤道："回来，我爱，母亲的心里，充满着爱，你如走来，仅从她那里接了一个吻，没有人会妒忌的。"

第一次的茉莉

呵,这些茉莉花,这些白的茉莉花!

我似乎忆起我第一次双手满捧着这些茉莉花,这些白的茉莉花的时候。

我喜欢那日光,那天空,那绿色的大地;

我听见那河水淙净的流声,在黑漆的午夜里传过来;

我看见那秋天的夕阳,在荒野的路角,映照在我的身上,如新妇揭起她的面纱迎接她的爱人。

但我想起孩提时第一次捧在手里的白茉莉,心里还感着甜蜜的回忆。

我生平有过许多快活的日子,在宴会的晚上,我跟了说笑话的人而大笑。

在灰暗的雨晨,我吟着许多飘逸的诗篇。

我头上戴过爱人手织的夜晚的醉花的花圈。

但我想起孩提时第一次捧在手里的白茉莉,心里还感着甜蜜的回忆。

榕　树

喂，你站在池边的蓬头榕树，你可会忘记了那孩子，那像巢于你的枝上又离了你的鸟儿似的孩子？

你不记得他怎样坐在窗内，诧望着你伸在地下的纠缠的树根么？

妇人们常到池边，汲了满瓶的水去，你的大黑影便在水面上摇动，好像睡着的人挣扎着要醒来似的。

日光在微波上跳舞，好像不停不息的小梭在金丝的缎布机上穿来穿去。

两只鸭子旁着①芦苇边游着，在它们的影子上，游来游去，孩子静静地坐在那里想着。

他想做风，吹过你的萧萧的枝杈中；想做你的影子，在水面上，随了日光而俱长；想做一只鸟儿，栖息在你的最高枝上；还想象那两只鸭，在芦苇与阴影之间游来游去。

---

① 现在一般写作"傍着"。

祝 福

祝福这个小心灵，这个洁白的灵魂，他为我们的大地，赢得了天的接吻。

他爱日光，他爱见他母亲的脸。

他没有学别人之侮蔑尘土，以寻求黄金。

紧抱他在你心里，祝福他。

他已来到这个歧路百出的地上了。

我不知道他怎样要从群众中选出你来，来到你的门前，握着你的手，访问他的路程。

他笑着，谈着，跟着你走，心里没有一点儿疑惑。

保守着他的信任，引导他到正路，祝福他。

把你的手摆在头上，祈求着：底下的波涛虽恶，然而从上面来的风，会吹拂来，而吸饱他的船帆，送他到和平的港口的。

在你的忙碌里，不要忘了他，让他来到你的心里，并且祝福他。

赠　品

　　我要送些东西给你，我的孩子，因为我们同是漂泊在世界的溪流中的。

　　我们的生命将被隔离了，我们的爱也将被忘记。

　　但我却没有那样傻，希望我能用我的赠品来买你的心。

　　你的生命正是青春，你的道路也长着呢，你一口气饮了我们带给你的爱，便回身离开我们跑了。

　　你有你的游戏，有你的游伴。如果你没有时间同我们游戏，如果你想不到我们，那是没有什么关系的。

　　我们呢，自然的，在老年时，会有许多闲暇的时间，去数那过去的日子，把我们手里永久失了的东西，在心里抚摸着。

　　河流唱着歌很快地流去，冲破所有的堤防。但是山峰却停留着，纪念着，含情送了她去。

我的歌

我的小孩呀,我这一支歌将扬起它的乐声围绕在你的身旁,好像那爱的热恋的手臂一样。

我这一支歌将接触着你的前额,好像那祝福的接吻一样。

当你只是一个人的时候,它将坐在你的身边,在你耳旁微语,当你在人群中的时候,它将远远地围着你保护着你。

我的歌又好像一双属于你梦境的羽翼,它将把你的心移送到不可知的岸上去。

当黑夜覆盖在你路上的时候,它又像那照临在你头上的忠实的星光一样。

我的歌又将坐在你眼睛的瞳人里,将你的视线带入万物的心里。

我的歌声虽因死而沉寂,但是我的歌仍将从你活泼的心中唱将出来。

孩提之天使

他们喧哗争斗,他们怀疑失望,他们辩论而不知结果。

我的孩子,让你的生命到他们当中去,如一线镇定而纯洁之光,使他们愉悦而沉默。

当他们贪望妒忌的时候,是残忍的;他们的话,好像藏着的刀,渴欲饮血。

我的孩子,去,去立在他们黑漆漆的心中,把你的和善的眼光堕在他们上面,好像那傍晚的慈善的和平,覆盖着日间的骚扰一样。

我的孩子,让他们看你的脸,因此能够知道一切事的意义;让他们爱你,因此使他们相爱。

来,坐在"无限"的底上,我的孩子,在朝阳出时,开放而抬起你的心像一朵开着的花,在夕阳落时,低下你的头,沉默地完成日间之崇拜。

最后的契约

早晨，我在石铺的路上走时，我叫道："来雇我。"
皇帝坐着马车，手里拿着剑走来。
他拿住我的手，说道："我要用权力来雇你。"
但是他的权力算不了什么，他坐着马车走了。

正午炎热的时候，家家的门都闭着。
我沿着屈曲的小道走去。
一个老人带着一袋金钱走出来。
他斟酌了一下，说道："我要用金钱来雇你。"
他一个一个地称量他的钱，但我却转身离去了。

黄昏的时候，花园的篱上满开着花。
美人走出来，说道："我要用微笑来雇你。"
她的微笑灰白了，融化成眼泪了，她孤寂地回身走进黑暗里去。

太阳照耀在沙土上，海波刚愎地碎开了。
一个小孩坐在那里，拿贝壳做游戏。
他抬起头来，好像认识我似的，说道："我雇你不用什么东西。"
这个小孩的游戏中的买卖，使我从此以后，成了一个自由的人。

·园丁集·

（冰心 译）

一

仆人

请对您的仆人开恩吧,我的女王!

女王

集会已经开过,我的仆人们都走了。你为什么来得这么晚呢?

仆人

您同别人谈过以后,就是我的时间了。
我来问有什么剩余的工作,好让您的最末一个仆人去做。

女王

在这么晚的时间你还想做什么呢?

仆人

让我做您花园里的园丁吧。

女王

这是什么傻想头呢?

仆人

我要搁下别的工作。

我把我的剑矛扔在尘土里。不要差遣我去遥远的宫廷;不要命令我做新的征讨。只求您让我做花园里的园丁。

女王

你的职责是什么呢?

仆人

为您闲散的日子服务。

我要保持您晨兴散步的草径清爽新鲜,您每一移步将有甘于就死的繁花以赞颂来欢迎您的双足。

我将在七叶树的枝间推送您的秋千;向晚的月亮将挣扎着从叶隙里吻您的衣裙。

我将在您床边的灯盏里添满香油,我将用檀香和番红花膏在您脚垫上涂画上美妙的花样。

女王

你要什么酬报呢?

仆人

只要您允许我像握着嫩柔的菡萏一般地握住您的小拳,把花串套上您的纤腕;允许我用无忧花的红汁来染您的脚底,以亲吻来拂去那偶然留在那里的尘埃。

女王

你的祈求被接受了,我的仆人,你将是我花园里的园丁。

二

"啊,诗人,夜晚渐临;你的头发已经变白。
"在你孤寂的沉思中听到了来生的消息吗?"

"是夜晚了,"诗人说,"夜虽已晚,我还在静听,因为也许有人会从村中呼唤。

"我看守着,是否有年轻的飘游的心聚在一起,两对渴望的眼睛切求有音乐来打破他们的沉默,并替他们说话。

"如果我坐在生命的岸边默想着死亡和来世,又有谁来编写他们的热情的诗歌呢?

"早现的晚星消隐了。
"火葬灰中的红光在沉静的河边慢慢地熄灭下去。
"残月的微光下,胡狼从空宅的庭院里齐声嗥叫。

"假如有游子们离了家,到这里来守夜,低头静听黑暗的微语,有谁把生命的秘密向他耳边低诉呢,如果我关起门户,企图摆脱世俗的牵缠?
"我的头发变白是一件小事。
"我是永远和这村里最年轻的人一样年轻,最年老的人一样年老。
"有的人发出甜柔单纯的微笑,有的人眼里含着狡狯的闪光。
有的人在白天流涌着眼泪,有的人的眼泪却隐藏在幽暗里。
"他们都需要我,我没有时间去冥想来生。
"我和每一个人都是同年的,我的头发变白了又该怎样呢?"

三

　　早晨我把网撒在海里。

　　我从沉黑的深渊拉出奇形奇美的东西——有些微笑般地发亮,有些眼泪般地闪光,有的晕红得像新娘的双颊。

　　当我携带着这一天的担负回到家里的时候,我爱正坐在园里悠闲地扯着花叶。

　　我沉吟了一会儿,就把我捞得的一切放在她的脚前,沉默地站着。

　　她瞥了一眼说:"这是些什么怪东西?我不知道这些东西有什么用处!"

　　我羞愧得低了头,心想:"我并没有为这些东西去奋斗,也不是从市场里买来的;这不是一些配送给她的礼物。"

　　整夜的工夫我把这些东西一件一件地丢到街上。

　　早晨行路的人来了;他们把这些拾起带到远方去了。

四

我真烦,为什么他们把我的房子盖在通向市镇的路边呢?
他们把满载的船只拴在我的树上。
他们任意地来去游逛。
我坐着看着他们;光阴都消磨了。
我不能回绝他们。这样我的日子便过去了。

日日夜夜他们的足音在我门前震荡。
我徒然地叫道:"我不认识你们。"
有些人是我的手指所认识的,有些人是我的鼻官所认识的,我脉管中的血液似乎认得他们,有些人是我的魂梦所认识的。
我不能回绝他们。我呼唤他们说:"谁愿意到我房子里来就请来吧。对了,来吧。"

清晨,庙里的钟声敲起。
他们提着筐子来了。
他们的脚像玫瑰般红。熹微的晨光照在他们的脸上。
我不能回绝他们。我呼唤他们说:"到我园里来采花吧。到这里来吧。"

中午,锣声在庙殿门前敲起。
我不知道他们为什么放下工作在我篱畔流连。

他们发上的花朵已经褪色枯萎了；他们横笛里的音调也显得乏倦。

我不能回绝他们。我呼唤他们说："我的树荫下是凉爽的。来吧，朋友们。"

夜里蟋蟀在林中唧唧地叫。

是谁慢慢地来到我的门前轻轻地敲叩？

我模糊地看到他的脸，他一句话也没说，四周是天空的静默。

我不能回绝我的沉默的客人。我从黑暗中望着他的险。梦幻的时间过去了。

五

我心绪不宁。我渴望着遥远的事物。
我的灵魂在极想中走出,要去触摸幽暗的远处的边缘。
啊,"伟大的来生",啊,你笛声的高亢的呼唤!
我忘却了,我总是忘却了,我没有奋飞的翅翼,我永远在这地点系住。

我切望而又清醒,我是一个异乡的异客。
你的气息向我低语出一个不可能的希望。
我的心懂得你的语言,就像它懂得自己的语言一样。
啊,"遥远的寻求",啊,你笛声的高亢的呼唤!
我忘却了,我总是忘却了,我不认得路,我也没有生翼的马。

我心绪不宁,我是自己心中的流浪者。
在疲倦时光的日霭中,你广大的幻象在天空的蔚蓝中显现!
啊,"最远的尽头",啊,你笛声的高亢的呼唤!
我忘却了,我总是忘却了,在我独居的房子里,所有的门户都是紧闭的!

六

驯养的鸟在笼里,自由的鸟在林中。
时间到了,他们相会,这是命中注定的。
自由的鸟说:"啊,我爱,让我们飞到林中去吧。"
笼中的鸟低声说:"到这里来吧,让我俩都住在笼里。"
自由的鸟说:"在栅栏中间,哪有展翅的余地呢?"
"可怜啊,"笼中的鸟说,"在天空中我不晓得到哪里去栖息。"

自由的鸟叫唤说:"我的宝贝,唱起林野之歌吧。"
笼中的鸟说:"坐在我旁边吧,我要教你说学者的语言。"
自由的鸟叫唤说:"不,不!歌曲是不能传授的。"
笼中的鸟说:"可怜的我啊,我不会唱林野之歌。"

他们的爱情因渴望而更加热烈,但是他们永不能比翼双飞。
他们隔栏相望,而他们相知的愿望是虚空的。
他们在依恋中振翼,唱道:"靠近些吧,我爱!"
自由的鸟叫唤说:"这是做不到的,我怕这笼子的紧闭的门。"
笼里的鸟低声说:"我的翅翼是无力的,而且已经死去了。"

七

啊,母亲,年轻的王子要从我们门前走过——今天早晨我哪有心思干活呢?

教给我怎样挽发;告诉我应该穿哪件衣裳。

你为什么惊讶地望着我呢,母亲?

我深知他不会仰视我的窗户;我知道一刹那间他就要走出我的视线以外;只有那残曳的笛声将从远处向我呜咽。

但是那年轻的王子将从我们门前走过,这时节我要穿上我最好的衣裳。

啊,母亲,年轻的王子已经从我们门前走过了,从他的车辇里射出朝日的金光。

我从脸上掠开面纱,我从颈上扯下红玉的颈环,扔在他走来的路上。

你为什么惊讶地望着我呢,母亲?

我深知他没有拾起我的颈环;我知道它在他的轮下碾碎了,在尘土上留下了红斑,没有人晓得我的礼物是什么样子,也不知道是给谁的。

但是那年轻的王子曾经从我们门前走过,我也曾经把我胸前的珍宝丢在他走来的路上了。

八

当我床前的灯熄灭了,我和晨鸟一同醒来。

我在散发上戴上新鲜的花串,坐在洞开的窗前。

那年轻的行人在玫瑰色的朝霭中从大路上来了。

珠链在他的颈上,阳光在他的冠上。他停在我的门前,用切望的呼声问我:"她在哪里呢?"

因为深深害羞,我不好意思说出:"她就是我,年轻的行人,她就是我。"

黄昏来到,还未上灯。

我心绪不宁地编着头发。

在落日的光辉中年轻的行人驾着车辇来了。

他的驾车的马,嘴里喷着白沫,他的衣袍上蒙着尘土。

他在我的门前下车,用疲乏的声音问:"她在哪里呢?"

因为深深害羞,我不好意思说出:"她就是我,愁倦的行人,她就是我。"

一个四月的夜晚。我的屋里点着灯。

南风温柔地吹来。多言的鹦鹉在笼里睡着了。

我的衷衣①和孔雀颈毛一样地华彩,我的披纱和嫩草一样地碧青。

我坐在窗前地上望着冷落的街道。

在沉黑的夜中我不住地低吟着:"她就是我,失望的行人,她就是我。"

---

① 衷衣:贴身内衣。

九

当我在夜里独赴幽会的时候,鸟儿不叫,风儿不吹,街道两旁的房屋沉默地站立着。

是我自己的脚镯越走越响使我羞怯。

当我站在凉台上倾听他的足音,树叶不摇,河水静止像熟睡的哨兵膝上的刀剑。

是我自己的心在狂跳——我不知道怎样使它宁静。

当我爱来了,坐在我身旁,当我的身躯震颤,我的眼睫下垂,夜更深了,风吹灯灭,云片在繁星上曳过轻纱。

是我自己胸前的珍宝放出光明。我不知道怎样把它遮起。

十

放下你的工作吧,我的新娘。听,客人来了。
你听见没有,他在轻轻地摇动那闩门的链子?
小心不要让你的脚镯发出声音,在迎接他的时候你的脚步不要太急。
放下你的工作吧,新娘,客人在晚上来了。

不,这不是一阵阴风,新娘,不要惊惶。
这是四月夜中的满月;院里的影子是暗淡的;头上的天空是明亮的。
把轻纱遮上脸,若是你觉得需要,提着灯到门前去,若是你害怕。
不,这不是一阵阴风,新娘,不要惊惶。

若是你害羞就不必和他说话;你迎接他的时候只需站在门边。
他若问你话,若是你愿意这样做,你就沉默地低眸。
不要让你的手镯作响,当你提着灯,带他进来的时候。
不必同他说话,如果你害羞。

你的工作还没有做完吗,新娘?听,客人来了。
你还没有把牛棚里的灯点起来吗?
你还没有把晚祷的供筐准备好吗?
你还没有在发缝中涂上鲜红的吉祥点,你还没有理过晚妆吗?
啊,新娘,你没有听见,客人来了吗?
放下你的工作吧!

一一

　　你就这样地来吧；不要在梳妆上挨延了。
　　即使你的辫发松散，即使你的发缝没有分直，即使你衷衣的丝带没有系好，都不要管它。
　　你就这样地来吧；不要在梳妆上挨延了。

　　来吧，用快步踏过草坪。
　　即使露水沾掉了你脚上的红粉，即使你踝上的铃串褪松，即使你链上的珠儿脱落，都不要管它。
　　来吧，用快步踏过草坪吧。

　　你没看见云雾遮住天空吗？
　　鹤群从远远的河岸飞起，狂风吹过常青的灌木。
　　惊牛奔向村里的栅棚。
　　你没看见云雾遮住天空吗？

　　你徒然点上晚妆的灯火——它颤摇着在风中熄灭了。
　　谁能看出你眼睫上没有涂上乌烟？因为你的眼睛比雨云还黑。
　　你徒然点上晚妆的灯火——它熄灭了。

　　你就这样地来吧；不要在梳妆上挨延了。
　　即使花环没有穿好，谁管它呢；即使手镯没有扣上，让它去吧。
　　天空被阴云塞满了——时间已晚。
　　你就这样地来吧；不要在梳妆上挨延了。

一二

若是你要忙着把水瓶灌满,来吧,到我的湖上来吧。
湖水将回绕在你的脚边,潺潺地说出它的秘密。
沙滩上有了欲来的雨云的阴影,云雾低垂在丛树的绿线上,像你眉上的浓发。
我深深地熟悉你脚步的韵律,它在我心中敲击。
来吧,到我的湖上来吧,如果你必须把水瓶灌满。

如果你想懒散闲坐,让你的水瓶漂浮在水面,来吧,到我的湖上来吧。
草坡碧绿,野花多得数不清。
你的思想将从你乌黑的眼眸中飞出,像鸟儿飞出窝巢。
你的披纱将褪落到脚上。
来吧,如果你要闲坐,到我的湖上来吧。

如果你想撇下嬉游跳进水里,来吧,到我的湖上来吧。
把你的蔚蓝的丝巾留在岸上;蔚蓝的水将没过你,盖住你。
水波将蹑足来吻你的颈项,在你耳边低语。
来吧,如果你想跳进水里,到我的湖上来吧。

如果你想发狂而投入死亡,来吧,到我的湖上来吧。
它是清凉的,深到无底。

它沉黑得像无梦的睡眠。

在它的深处黑夜就是白天，歌曲就是静默。

来吧，如果你想投入死亡，到我的湖上来吧。

一三

我一无所求,只站在林边树后。
倦意还逗留在黎明的眼上,露润在空气里。
湿草的懒味悬垂在地面的薄雾中。
在榕树下你用乳油般柔嫩的手挤着牛奶。
我沉静地站立着。

我没有说出一个字。那是藏起的鸟儿在密叶中歌唱。
芒果树在树径上撒着繁花,蜜蜂一只一只地嗡嗡飞来。
池塘边湿婆天的庙门开了,朝拜者开始诵经。
你把罐儿放在膝上挤着牛奶。
我提着空桶站立着。

我没有走近你。
天空和庙里的锣声一同醒起。
街尘在驱走的牛蹄下飞扬。
把汩汩发响的水瓶搂在腰上,女人们从河边走来。
你的钏镯叮当,乳沫溢出罐沿。
晨光渐逝而我没有走近你。

一四

我在路边行走,也不知道为什么,时已过午,竹枝在风中簌簌作响。

横斜的影子伸臂拖住流光的双足。

布谷鸟都唱倦了。

我在路边行走,也不知道为什么。

低垂的树荫盖住水边的茅屋。

有人正忙着工作,她的钏镯在一角放出音乐。

我在茅屋前面站着,我不知道为什么。

曲径穿过一片芥菜田地和几层芒果树林。

它经过村庙和渡头的市集。

我在这茅屋面前停住了,我不知道为什么。

好几年前,三月风吹的一天,春天倦慵地低语,芒果花落在地上。

浪花跳起掠过立在渡头阶沿上的铜瓶。

我想着三月风吹的这一天,我不知道为什么。

阴影更深,牛群归栏。

冷落的牧场上日色苍白,村人在河边待渡。

我缓步回去,我不知道为什么。

一五

我像麝鹿一样在林荫中奔走,为着自己的香气而发狂。
夜晚是五月正中的夜晚,清风是南国的清风。
我迷了路,我游荡着,我寻求那得不到的东西,我得到我所没有寻求的东西。

我自己的愿望的形象从我心中走出,跳起舞来。
我闪光的形象飞掠过去。
我想把它紧紧捉住,它躲开了又引着我飞走下去。
我寻求那得不到的东西,我得到我所没有寻求的东西。

一六

　　手握着手，眼恋着眼：这样开始了我们的心的纪录。
　　这是三月的月明之夜，空气里有凤仙花的芬芳；我的横笛抛在地上，你的花串也没有编成。
　　你我之间的爱像歌曲一样地单纯。

　　你橙黄色的面纱使我眼睛陶醉。
　　你给我编的茉莉花环使我心震颤，像是受了赞扬。
　　这是一个又予又留、又隐又现的游戏；有些微笑，有些娇羞，也有些甜柔的无用的抵拦。
　　你我之间的爱像歌曲一样地单纯。

　　没有现在以外的神秘；不强求那做不到的事情；没有魅惑后面的阴影；没有黑暗深处的探索。
　　你我之间的爱像歌曲一样地单纯。

　　我们没有走出一切语言之外进入永远的沉默；我们没有向空举手寻求希望以外的东西。
　　我们付出，我们取得，这就够了。
　　我们没有把喜乐压成微尘来榨取痛苦之酒。
　　你我之间的爱像歌曲一样地单纯。

一七

黄鸟在自己的树上歌唱,使我的心喜舞。
我们俩人住在一个村子里,这是我们的一份快乐。
她心爱的一对小羊,到我园里树荫下吃草。
它们若走进我的麦地,我就把它们抱在臂里。
我们村子名叫康遮那,人们管我们的小河叫安遮那。
我的名字村人都知道,她的名字是软遮那。

我们中间只隔着一块田地。
在我们树里做窝的蜜蜂,飞到他们林中去采蜜。
从他们渡头街上流来的落花,漂到我们洗澡的池塘里。
一筐一筐的红花干从他们地里送到我们的市集上。
我们村子名叫康遮那,人们管我们的小河叫安遮那。
我的名字村人都知道,她的名字是软遮那。

到她家去的那条曲巷,春天充满了芒果的花香。
他们亚麻籽成熟的时候,我们地里的大麻正在开放。
在他们房上微笑的星辰,送给我们以同样的闪亮。
在他们水槽里满溢的雨水,也使我们的迦昙树林喜乐。
我们村子名叫康遮那,人们管我们的小河叫安遮那。
我的名字村人都知道,她的名字是软遮那。

一八

　　当这两个姐妹出去打水的时候,她们来到这地点,她们微笑了。
　　她们一定觉察到,每次她们出来打水的时候,那个站在树后的人儿。

　　姐妹俩相互耳语,当她们走过这地点的时候。
　　她们一定猜到了,每逢她们出来打水的时候,那个人站在树后的秘密。

　　她们的水瓶忽然倾倒,水倒出来了,当她们走到这地点的时候。
　　她们一定发觉,每逢她们出来打水的时候,那个站在树后的人的心正在跳着。

　　姐妹俩相互瞥了一眼又微笑了,当她们来到这地点的时候。
　　她们飞快的脚步里带着笑声,使这个每逢她们出来打水的时候站在树后的人儿心魂撩乱了。

一九

你腰间搂着灌满的水瓶,在河边路上行走。

你为什么急遽地回头,从飘扬的面纱里偷偷地看我?

这个从黑暗中向我送来的闪视,像凉风在粼粼的微波上掠过,一阵震颤直到阴荫的岸边。

它向我飞来,像夜中的小鸟急遽地穿过无灯的屋子的两边洞开的窗户,又在黑夜中消失了。

你像一颗隐在山后的星星,我是路上的行人。

但是你为什么站了一会儿,从面纱中瞥视我的脸,当你腰间搂着灌满的水瓶在河边路上行走的时候?

二〇

他天天来了又走了。

去吧,把我头上的花朵送去给他吧,我的朋友。

假如他问赠花的人是谁,我请你不要把我的名字告诉他——因为他来了又要走的。

他坐在树下的地上。

用繁花密叶给他敷设一个座位吧,我的朋友。

他的眼神是忧郁的,它把忧郁带到我的心中。

他没有说出他的心事;他只是来了又走了。

二一

他为什么特地来到我的门前,这年轻的游子,当天色黎明的时候?

每次我进出经过他的身旁,我的眼睛总被他的面庞所吸引。

我不知道我是应该同他说话还是保持沉默。他为什么特地到我门前来呢?

七月的阴夜是黑沉的;秋日的天空是浅蓝的;南风把春天吹得骀荡不宁。

他每次用新调编着新歌。

我放下活计眼里充满雾水。他为什么特地到我门前来呢?

二二

当她用急步走过我的身旁,她的裙缘触到了我。

从一颗心的无名小岛上忽然吹来一阵春天的温馨。

一霎飞触的撩乱扫拂过我,立刻又消失了,像扯落的花瓣在和风中飘扬。

它落在我的心上,像她的身躯的叹息和她心灵的低语。

二三

你为什么悠闲地坐在那里,把镯子玩得叮当作响呢?
把你的水瓶灌满了吧。是你应当回家的时候了。

你为什么悠闲地拨弄着水玩,偷偷地瞥视路上的行人呢?
灌满你的水瓶回家去吧。

早晨的时间过去了——沉黑的水不住地流逝。
波浪相互低语嬉笑闲玩着。

流荡的云片聚集在远野高地的天边。
它们流连着悠闲地看着你的脸微笑着。
灌满你的水瓶回家去吧。

二四

不要把你心的秘密藏起,我的朋友!

对我说吧,秘密地对我一个人说吧。

你这个笑得这样温柔、说得这样轻软的人,我的心将听着你的语言,不是我的耳朵。

夜深沉,庭宁静,鸟巢也被睡眠笼罩着。

从踌躇的眼泪里,从沉吟的微笑里,从甜柔的羞怯和痛苦里,把你心的秘密告诉我吧!

二五

"到我们这里来吧,青年人,老实告诉我们,为什么你眼里带着疯癫?"

"我不知道我喝了什么野罂粟花酒,使我的眼里带着疯癫。"

"啊,多难为情!"

"好吧,有的人聪明有的人愚拙,有的人细心有的人马虎。有的眼睛会笑,有的眼睛会哭——我的眼睛是带着疯癫的。"

"青年人,你为什么这样凝立在树影下呢?"

"我的脚被我沉重的心压得疲倦了,我就在树影下凝立着。"

"啊,多难为情!"

"好吧,有人一直行进,有人到处流连,有的人是自由的,有的人是锁住的——我的脚被我沉重的心压得疲倦了。"

二六

"从你慷慨的手里所付出的,我都接受。我别无所求。"

"是了,是了,我懂得你,谦卑的乞丐,你是乞求一个人的一切所有。"

"若是你给我一朵残花,我也要把它戴在心上。"

"若是那花上有刺呢?"

"我就忍受着。"

"是了,是了,我懂得你,谦卑的乞丐,你是乞求一个人的一切所有。"

"如果你只在我脸上瞥来一次爱怜的眼光,就会使我的生命直到死后还是甜蜜的。"

"假如那只是残酷的眼色呢?"

"我要让它永远穿刺我的心。"

"是了,是了,我懂得你,谦卑的乞丐,你是乞求一个人的一切所有。"

二七

"即使爱只给你带来了哀愁,也信任它。不要把你的心关起。"
"啊,不,我的朋友,你的话语太隐晦了,我不懂得。"

"心是应该和一滴眼泪、一首诗歌一起送给人的,我爱。"
"啊,不,我的朋友,你的话语太隐晦了,我不懂得。"

"喜乐像露珠一样地脆弱,它在欢笑中死去。哀愁却是坚强而耐久。让含愁的爱在你眼中醒起吧。"
"啊,不,我的朋友,你的话语太隐晦了,我不懂得。"

"荷花在日中开放,丢掉了自己的一切所有。在永生的冬雾里,它将不再含苞。"
"啊,不,我的朋友,你的话语太隐晦了,我不懂得。"

二八

你的疑问的眼光是含愁的。它要追探了解我的意思,好像月亮探测大海。

我已经把我生命的终始,全部暴露在你的眼前,没有任何隐秘和保留。因此你不认识我。

假如它是一块宝石,我就能把它碎成千百颗粒,串成项链挂在你的颈上。

假如它是一朵花,圆圆小小香香的,我就能从枝上采来戴在你的发上。

但是它是一颗心,我的爱人。何处是它的边和底?

你不知道这个王国的边极,但你仍是这王国的女王。

假如它是片刻的欢娱,它将在喜笑中开花,你立刻就会看到、懂得了。

假如它是一阵痛苦,它将融化成晶莹的眼泪,不着一字地反映出它最深的秘密。

但是它是爱,我的爱人。

它的欢乐和痛苦是无边的,它的需求和财富是无尽的。

它和你亲近得像你的生命一样,但是你永远不能完全了解它。

二九

对我说吧,我爱!用言语告诉我你唱的是什么。

夜是深黑的,星星消失在云里,风在叶丛中叹息。

我将披散我的头发,我的青蓝的披风将像黑夜一样地紧裹着我。我将把你的头紧抱在胸前;在甜柔的寂寞中在你心头低诉。我将闭目静听。我不会看望你的脸。

等到你的话说完了,我们将沉默凝坐。只有丛树在黑暗中微语。

夜将发白。天光将晓。我们将望望彼此的眼睛,然后各走各的路。

对我说话吧,我爱!用言语告诉我你唱的是什么。

三○

你是一朵夜云,在我梦幻中的天空浮泛。
我永远用爱恋的渴想来描画你。
你是我一个人的,我一个人的,我无尽的梦幻中的居住者!

你的双脚被我心切望的热光染得绯红,我的落日之歌的搜集者!
我的痛苦之酒使你的唇儿苦甜。
你是我一个人的,我一个人的,我寂寥的梦幻中的居住者!

我用热情的浓影染黑了你的眼睛,我的凝视深处的崇魂!
我捉住了你,缠住了你,我爱,在我音乐的罗网里。
你是我一个人的,我一个人的,我永生的梦幻中的居住者!

三一

我的心,这只野鸟,在你的双眼中找到了天空。
它们是清晓的摇篮,它们是星辰的王国。
我的诗歌在它们的深处消失。
只让我在这天空中高飞,翱翔在静寂的无限空间里。
只让我冲破它的云层,在它的阳光中展翅吧。

三二

告诉我,这一切是否都是真的,我的情人,告诉我,这是否真的。
当这一对眼睛闪出电光,你胸中的浓云发出风暴的回答。
我的唇儿,是真像觉醒的初恋的蓓蕾那样香甜吗?
消失了的五月的回忆仍旧流连在我的肢体上吗?
那大地,像一张琴,真因着我双足的踏触而颤成诗歌吗?
那么当我来时,从夜的眼睛里真的落下露珠,晨光也真因为围绕我的身躯而感到喜悦吗?
是真的吗,是真的吗,你的爱贯穿许多时代,许多世界来寻找我吗?
当你最后找到了我,你天长地久的渴望,在我的温柔的话里,在我的眼睛嘴唇和飘扬的头发里,找到了完全的宁静吗?
那么"无限"的神秘是真的写在我小小的额上吗?
告诉我,我的情人,这一切是否都是真的。

三三

我爱你,我的爱人。请饶恕我的爱。
像一只迷路的鸟,我被捉住了。
当我的心抖战的时候,它丢了围纱,变成赤裸。用怜悯遮住它吧,爱人,请饶恕我的爱。

如果你不能爱我,爱人,请饶恕我的痛苦。
不要远远地斜视我。
我将偷偷地回到我的角落里去,在黑暗中坐地。
我将用双手掩起我赤裸的羞惭。
回过脸去吧,我的爱人,请饶恕我的痛苦。

如果你爱我,爱人,请饶恕我的欢乐。
当我的心被快乐的洪水卷走的时候,不要笑我的汹涌的退却。
当我坐在宝座上,用我暴虐的爱来统治你的时候,当我像女神一样向你施恩的时候,饶恕我的骄傲吧,爱人,也饶恕我的欢乐。

三四

不要不辞而别,我爱。
我望了一夜,现在我脸上睡意重重。
只恐我在梦中把你丢失了。
不要不辞而别,我爱。

我惊起伸出双手去触摸你,我问自己:"这是一个梦吗?"
但愿我能用我的心系住你的双足,紧抱在胸前!
不要不辞而别,我爱。

三五

只恐我太容易地认得你,你对我耍花招。
你用欢笑的闪光使我盲目来掩盖你的眼泪。
我知道,我知道你的妙计,
你从来不说出你所要说的话。

只恐我不珍爱你,你千方百计地闪避我。
只恐我把你和大家混在一起,你独自站在一边。
我知道,我知道你的妙计,
你从来不走你所要走的路。

你的要求比别人的都多,因此你才静默。
你用嬉笑的无心来回避我的赠予。
我知道,我知道你的妙计,
你从来不肯接受你想接受的东西。

三六

他低声说:"我爱,抬起眼睛吧。"
我严厉地责骂他说:"走!"但是他不动。
他站在我面前拉住我的双手。我说:"躲开我!"但是他没有走。

他把脸靠近我的耳边。我瞪他一眼说:"不要脸!"但是他没有动。
他的嘴唇触到我的腮颊。我震颤了,说:"你太大胆了!"但是他不怕出丑。

他把一朵花插在我发上。我说:"这也没有用处!"但是他站着不动。
他取下我颈上的花环就走开了。我哭了,问我的心说:"他为什么不回来呢?"

三七

你愿意把你的鲜花的花环挂在我的颈上吗,佳人?

但是你要晓得,我编的那个花环,是为大家的,为那些偶然瞥见的人,住在未开发的大地上的人,住在诗人歌曲里的人。

现在来请求我的心作为答赠已经太晚了。

曾有一个时候,我的生命像一朵蓓蕾,它所有的芬芳都储藏在花心里。

现在它已经远远地喷溢四散。

谁晓得有什么魅力,可以把它们收集关闭起来呢?

我的心不容我只给一个人,它是要给予许多人的。

三八

  我爱,从前有一天,你的诗人把一首伟大史诗投进他心里。
  啊,我不小心,它打到你的叮当的脚镯上而引起悲愁。
  它裂成诗歌的碎片散撒在你的脚边。
  我满载的一切古代战争的货物,都被笑浪所颠簸,被眼泪浸透而下沉。
  你必须使这损失成为我的收获,我爱。
  如果我的死后不朽的荣誉的希望都破灭了,那就在生前使我不朽吧。
  我将不为这损失伤心,也不责怪你。

三九

整个早晨我想编一个花环,但是花儿滑掉了。
你坐在一旁偷偷地从侦伺的眼角看着我。
问这一对沉黑的恶作剧的眼睛,这是谁的错。

我想唱一支歌,但是唱不出来。
一个暗笑在你唇上颤动;你问它我失败的缘由。
让你微笑的唇儿发一个誓,说我的歌声怎样地消失在沉默里,像一只在荷花里沉醉的蜜蜂。

夜晚了,是花瓣合起的时候了。
容许我坐在你的旁边,容许我的唇儿做那在沉默中、在星辰和微光中能做的工作吧。

四〇

一个怀疑的微笑在你眼中闪烁,当我来向你告别的时候。

我这样做的次数太多了,你想我很快又会回来。

告诉你实话,我自己心里也有同样的怀疑。

因为春天年年回来;满月道过别又来访问,花儿每年回来在枝上红晕着脸,很可能我向你告别只为了要再回到你的身边。

但是把这幻象保留一会儿吧,不要冷酷粗率地把它赶走。

当我说我要永远离开你的时候,就当做真话来接受它,让泪雾暂时加深你眼边的黑影。

当我再来的时候,随便你怎样地狡笑吧。

四一

我想对你说出我要说的最深的话语,我不敢,我怕你哂笑。
因此我嘲笑自己,把我的秘密在玩笑中打碎。
我把我的痛苦说得轻松,因为怕你会这样做。

我想对你说出我要说的最真的话语,我不敢,我怕你不信。
因此我弄真成假,说出和我的真心相反的话。
我把我的痛苦说得可笑,因为我怕你会这样做。

我想用最宝贵的词来形容你,我不敢,我怕得不到相当的酬报。
因此我给你安上苛刻的名字,而夸示我的硬骨。
我伤害你,因为怕你永远不知道我的痛苦。

我渴望静默地坐在你的身旁,我不敢,怕我的心会跳到我的唇上。
因此我轻松地说东道西,把我的心藏在语言的后面。

我粗暴地对待我的痛苦,因为我怕你会这样做。

我渴望从你身边走开,我不敢,怕你看出我的懦怯。
因此我随随便便地昂首走到你的面前。
从你眼里频频掷来的刺激,使我的痛苦永远新鲜。

四二

啊,疯狂的、头号的醉汉;

如果你踢开门户在大众面前装疯;

如果你在一夜倒空囊橐,对慎重轻蔑地弹着指头;

如果你走着奇怪的道路,和无益的东西游戏,

不理会韵律和理性;

如果你在风暴前扯起船帆,你把船舵折成两半,

那么我就要跟随你,伙伴,喝得烂醉走向堕落灭亡。

我在稳重聪明的街坊中间虚度了日日夜夜。

过多的知识使我白了头发,过多的观察使我眼力模糊。

多年来我积攒了许多零碎的东西:

把这些东西摔碎,在上面跳舞,把它们散掷到风中去吧。

因为我知道喝得烂醉而堕落灭亡,是最高的智慧。

让一切歪曲的顾虑消亡吧,让我无望地迷失了路途。

让一阵旋风吹来,把我连船锚一齐卷走。

世界上住着高尚的人,劳动的人,有用又聪明。

有的人很从容地走在前头,有的人庄重地走在后面。

让他们快乐繁荣吧,让我傻呆地无用吧。

因为我知道喝得烂醉而堕落灭亡,是一切工作的结局。

我此刻誓将一切的要求,让给正人君子。

我抛弃我学识的自豪和是非的判断。

我打碎记忆的瓶壶,挥洒最后的眼泪。

以红果酒的泡沫来洗澡,使我欢笑发出光辉。

我暂且撕裂温恭和认真的标志。

我将发誓做一个无用的人,喝到烂醉而堕落灭亡下去。

四三

不,我的朋友,我永不会做一个苦行者,随便你怎么说。

我将永不做一个苦行者,假如她不和我一同受戒。

这是我坚定的决心,如果我找不到一个荫凉的住处和一个忏悔的伴侣,我将永远不会变成一个苦行者。

不,我的朋友,我将永不离开我的炉火与家庭,去退隐到深林里面,

如果在林荫中没有欢笑的回响,如果没有郁金色的衣裙在风中飘扬;

如果它的幽静不因有轻柔的微语而加深。

我将永不会做一个苦行者。

四四

尊敬的长者,饶恕这一对罪人吧。

今天春天猖狂地吹起旋舞,把尘土和枯叶都扫走了,你的功课也随着一起丢掉了。

师父,不要说生命是虚空的。

因为我们和死亡订下一次和约,在一段温馨的时间中,我俩变成不朽。

即使是国王的军队凶猛地前来追捕,我们将忧愁地摇头说:"弟兄们,你们扰乱了我们。如果你们必须做这个吵闹的游戏,到别处去敲击你们的武器吧。因为我们刚在这片刻飞逝的时光中变成不朽。"

如果亲切的人们来把我们围起,我们将恭敬地向他们鞠躬说:"这个荣幸使我们惭愧。在我们居住的无限天空之中,没有多少隙地。因为在春天繁花盛开,蜜蜂的忙碌的翅翼也彼此摩挤。只住着我们两个仙人的小天堂,是狭小得太可笑了。"

四五

　　对那些定要离开的客人们，求神帮他们快走，并且扫掉他们所有的足迹。

　　把舒服的、单纯的、亲近的微笑着一起抱在你的怀里。

　　今天是幻影的节日，他们不知道自己的死期。

　　让你的笑声只作为无意义的欢乐，像浪花上的闪光。

　　让你的生命像露珠在叶尖一样，在时间的边缘上轻轻跳舞。

　　在你的琴弦上弹出无定的暂时的音调吧。

四六

你离开我管自己走了。

我想我将为你忧伤,还将用金色的诗歌铸成你孤寂的形象,供养在我的心里。

但是,我的运气多坏,时间是短促的。

青春一年一年地消逝;春日是暂时的;柔弱的花朵无意义地凋谢,聪明人警告我说,生命只是一颗荷叶上的露珠。

我可以不管这些,只凝望着背弃我的那个人吗?

这会是无益的,愚蠢的,因为时间是太短暂了。

那么,来吧,我的雨夜的脚步声;微笑吧,我的金色的秋天;来吧,无虑无忧的四月,散掷着你的亲吻。

你来吧,还有你,也有你!

我的情人们,你知道我们都是凡人。为一个取回她的心的人而心碎,是件聪明的事情吗?因为时间是短暂的。

坐在屋角凝思,把我的世界中的你们都写在韵律里,是甜柔的。

把自己的忧伤抱紧,决不受人安慰,是英勇的。

但是一个新的面庞,在我门外偷窥,抬起眼来看我的眼睛。

我只能拭去眼泪,更改我歌曲的腔调。

因为时间是短暂的。

四七

如果你要这样,我就停了歌唱。
如果它使你心震颤,我就把眼光从你脸上挪开。
如果使你在行走时忽然惊跃,我就躲开另走别路。
如果在你编串花环时,使你烦乱,我就避开你寂寞的花园。
如果我使水花飞溅,我就不在你的河边划船。

四八

把我从你甜柔的枷锁中放出来吧,我爱,不要再斟上亲吻的酒。
香烟的浓雾窒塞了我的心。
开起门来,让晨光进入吧!
我消失在你里面,包缠在你爱抚的折痕之中。
把我从你的诱惑中放出来吧,把男子气概交还我,好让我把得到自由的心贡献给你。

四九

我握住她的手把她抱紧在胸前。

我想以她的爱娇来填满我的怀抱,用亲吻来偷劫她的甜笑,用我的眼睛来吸饮她的深黑的一瞥。

啊,但是,它在哪里呢?谁能从天空滤出蔚蓝呢?

我想去把握美;它躲开我,只有躯体留在我的手里。

失望而困乏地,我回来了。

躯体哪能触到那只有精神才能触到的花朵呢?

五〇

爱，我的心日夜想望和你相见——那像吞灭一切的死亡一样的会见。

像一阵风暴把我卷走；把我的一切都拿去；劈开我的睡眠抢走我的梦，剥夺了我的世界。

在这毁灭里，在精神的全部赤露里，让我们在美中合一吧。

我的空想是可怜的！除了在你里面，哪有这合一的希望呢，我的神？

五一

那么唱完最后一支歌就让我们走吧。
当这夜过完就把这夜忘掉。
我想把谁紧抱在臂里呢?梦是永不会被捉住的。
我渴望的双手把"空虚"紧压在我心上,压碎了我的胸膛。

五二

灯为什么熄了呢?
我用斗篷遮住它怕它被风吹灭,因此灯熄了。

花为什么谢了呢?
我的热恋的爱把它紧压在我的心上,因此花谢了。

泉为什么干了呢?
我筑起一道堤把它拦起给我使用,因此泉干了。

琴弦为什么断了呢?
我强弹一个它力不能胜的音节,因此琴弦断了。

五三

为什么盯着我使我羞愧呢?
我不是来求乞的。
只为要消磨时光,我才来站在你院边的篱外。
为什么盯着我使我羞愧呢?

我没有从你园里采走一朵玫瑰,没有摘下一颗果子。
我谦卑地在任何生客都可站立的路边棚下,找个荫蔽。
我没有采走一朵玫瑰。

是的,我的脚疲乏了,骤雨又落了下来。
风在摇曳的竹林中呼叫。
云阵像败退似的跑过天空。
我的脚疲乏了。

我不知道你怎样看待我,或是你在门口等什么人。
闪电昏眩了你看望的目光。
我怎能知道你会看到站在黑暗中的我呢?
我不知道你怎样看待我。

白日过尽,雨势暂停。
我离开你园畔的树荫和草地上的座位。
日光已暗;关上你的门户吧;我走我的路。
白日过尽了。

五四

市集已过,你在夜晚急急地提着篮子要到哪里去呢?
他们都挑着担子回家去了;月亮从村树隙中下窥。
唤船的回声从深黑的水上传到远处野鸭睡眠的泽沼。
在市集已过的时候,你提着篮子急忙地要到哪里去呢?

睡眠把她的手指按在大地的双眼上。
鸦巢已静,竹叶的微语也已沉默。
劳动的人们从田间归来,把席子展铺在院子里。
在市集已过的时候,你提着篮子急忙地要到哪里去呢?

五五

正午的时候你走了。

烈日当空。

当你走的时候,我已做完了工作,坐在凉台上。

不定的风吹来,含带着许多远野的香气。

鸽子在树荫中不停地叫唤,一只蜜蜂在我屋里飞着,嗡出许多远野的消息。

村庄在午热中入睡了。路上无人。

树叶的声音时起时息。

我凝望天空,把一个我知道的人的名字织在蔚蓝里,当村庄在午热中入睡的时候。

我忘记把头发编起。困倦的风在我颊上和它嬉戏。

河水在荫岸下平静地流着。

懒散的白云动也不动。

我忘了编起我的头发。

正午的时候你走了。

路上尘土灼热,田野在喘息。

鸽子在密叶中呼唤。

我独坐在凉台上,当你走的时候。

五六

我是妇女中为平庸的日常家务而忙碌的一个。

你为什么把我挑选出来,把我从日常生活的凉荫中带出来?

没有表现出来的爱是神圣的。它像宝石般在隐藏的心的朦胧里放光。在奇异的日光中,它显得可怜地晦暗。

啊,你打碎我心的盖子,把我战栗的爱情拖到空旷的地方,把那阴暗的藏我心巢的一角永远破坏了。

别的女人和从前一样。

没有一个人窥探到自己的最深处,她们不知道自己的秘密。

她们轻快地微笑,哭泣,谈话,工作。她们每天到庙里去,点上她们的灯,还到河中取水。

我希望能从无遮拦的颤羞中把我的爱情救出,但是你掉头不顾。

是的,你的前途是远大的,但是你把我的归路切断了,让我在世界的无睫毛的眼睛日夜瞪视之下赤裸着。

五七

我采了你的花,啊,世界!
我把它压在胸前,花刺伤了我。
日光渐暗,我发现花儿凋谢了,痛苦却存留着。

许多有香有色的花又将来到你这里,啊,世界!
但是我采花的时代过去了,黑夜悠悠,我没有了玫瑰,只有痛苦存留着。

五八

有一天早晨,一个盲女来献给我一串盖在荷叶下的花环。
我把它挂在颈上,泪水涌上我的眼睛。
我吻了她,说:"你和花朵一样地盲目。
"你自己不知道你的礼物是多么美丽。"

五九

啊,女人,你不但是神的,而且是人的手工艺品;他们永远从心里用美来打扮你。

诗人用比喻的金线替你织网;画家们给你的身形以永新的不朽。

海献上珍珠,矿献上金子,夏日的花园献上花朵来装扮你,覆盖你,使你更加美妙。

人类心中的愿望,在你的青春上洒上光荣。

你一半是女人,一半是梦。

六〇

在生命奔腾怒吼的中流,啊,石头雕成的"美",你冷静无言,独自超绝地站立着。

"伟大的时间"依恋地坐在你脚边低语说:

"说话吧,对我说话吧,我爱,说话吧,我的新娘!"

但是你的话被石头关住了,啊,"不动的美"!

六一

安静吧,我的心,让别离的时间甜柔吧。
让它不是个死亡,而是圆满。
让爱恋融入记忆,痛苦融入诗歌吧。
让穿越天空的飞翔在巢上敛翼中终止。
让你双手的最后的接触,像夜中的花朵一样温柔。
站住一会吧,啊,"美丽的结局",用沉默说出最后的话语吧。
我向你鞠躬,举起我的灯来照亮你的归途。

六二

在梦境的朦胧小路上,我去寻找我前生的爱。

她的房子在冷静的街尾。
在晚风中,她爱养的孔雀在架上昏睡,鸽子在自己的角落里沉默着。

她把灯放在门边,站在我面前。
她抬起一双大眼望着我的脸,无言地问道:"你好吗,我的朋友?"
我想回答,但是我们的语言迷失而又忘却了。

我想来想去;怎么也想不起我们叫什么名字。
眼泪在她眼中闪光,她向我伸出右手。我握住她的手静默地站着。

我们的灯在晚风中颤摇着熄灭了。

六三

行路人,你必须走吗?
夜是静寂的,黑暗在树林上昏睡。
我们的凉台上灯火辉煌,繁花鲜美,青春的眼睛还清醒着。
你离开的时间到了吗?
行路人,你必须走吗?

我们不曾用恳求的手臂来抱住你的双足。
你的门开着。你的立在门外的马,也已上了鞍鞯。
如果我们想拦住你的去路,也只是用我们的歌曲。
如果我们曾想挽留你,也只是用我们的眼睛。
行路人,我们没有希望留住你,我们只有眼泪。

在你眼里发光的是什么样的不灭之火?
在你血管中奔流的是什么样的不宁的热力?
从黑暗中有什么召唤在引动你?

你从天上的星星中,念到什么可怕的咒语,就是黑夜沉默而异样地走进你心中时带来的那个密封的秘密的消息?

如果你不喜欢那热闹的集会,如果你需要安静,困乏的心啊,我们就吹灭灯火,停止琴声。

我们将在风叶声中静坐在黑暗里，倦乏的月亮将在你窗上洒上苍白的光辉。

啊，行路人，是什么不眠的精灵从午夜的心中和你接触了呢？

六四

我在大路灼热的尘土上消磨了一天。

现在,在晚凉中我敲着一座小庙的门。这庙已经荒废倒塌了。

一棵愁苦的菩提树,从破墙的裂缝里伸展出饥饿的爪根。

从前曾有过路人到这里来洗疲乏的脚。

他们在新月的微光中在院里摊开席子,坐着谈论异地的风光。

早起他们精神恢复了,鸟声使他们欢悦,友爱的花儿在道边向他们点头。

但是当我来的时候没有灯在等待我。

只有残留的灯烟熏污的黑迹,像盲人的眼睛,从墙上瞪视着我。

萤虫在涸池边的草里闪烁,竹影在荒芜的小径上摇曳。

我在一天之末做了没有主人的客人。

在我面前的是漫漫的长夜,我疲倦了。

六五

又是你呼唤我吗?
夜来到了,困乏像爱的恳求用双臂围抱住我。
你叫我了吗?

我已把整天的工夫给了你,残忍的主妇,你还定要掠夺我的夜晚吗?
万事都有个终结,黑暗的静寂是个人独有的。
你的声音定要穿透黑暗来刺击我吗?

难道你门前的夜晚没有音乐和睡眠吗?
难道那翅翼不响的星辰,从来不攀登你的不仁之塔的上空吗?
难道你园中的花朵,永不在绵软的死亡中堕地吗?

你定要叫我吗,你这不安静的人?
那就让爱的愁眼,徒然地因盼望而流泪。
让灯盏在空屋里点着。
让渡船载那些困乏的工人回家。
我把梦想丢下,来奔赴你的召唤。

六六

　　一个流浪的疯子在寻找点金石。他褐黄的头发乱蓬蓬地蒙着尘土,身体瘦得像个影子。他双唇紧闭,就像他的紧闭的心门。他的烧红的眼睛就像萤火虫的灯亮在寻找他的爱侣。

　　无边的海在他面前怒吼。
　　喧哗的波浪,在不停地谈论那隐藏的珠宝,嘲笑那不懂得它们的意思的愚人。
　　也许现在他不再有希望了,但是他不肯休息,因为寻求变成他的生命——
　　就像海洋永远向天伸臂要求不可得到的东西——
　　就像星辰绕着圈走,却要寻找一个永不能到达的目标——
　　在那寂寞的海边,那头发垢乱的疯子,也仍旧徘徊着寻找点金石。

　　有一天,一个村童走上来问:"告诉我,你腰上的那条金链是从哪里来的呢?"
　　疯子吓了一跳——那条本来是铁的链子真的变成金的了;这不是一场梦,但是他不知道是什么时候变成的。
　　他狂乱地敲着自己的前额——什么时候,啊,他什么时候在不知不觉之中得到成功了呢?

　　拾起小石去碰碰那条链子,然后不看看变化与否,又把它扔掉,这已成了习惯；就是这样，这疯子找到了又失掉了那块点金石。

太阳西沉，天空灿金。

疯子沿着自己的脚印走回，去寻找他失去的珍宝。他气力尽消，身体弯曲，他的心像连根拔起的树一样，萎垂在尘土里了。

六七

虽然夜晚缓步走来,让一切歌声停息;
虽然你的伙伴都去休息而你也倦乏了;
虽然恐怖在黑暗中弥漫,天空的脸也被面纱遮起;
但是,鸟儿,我的鸟儿,听我的话,不要垂翅吧。

这不是林中树叶的阴影,这是大海涨溢,像一条深黑的龙蛇。
这不是盛开的茉莉花的跳舞,这是闪光的水沫。
啊,何处是阳光下的绿岸,何处是你的窝巢?
鸟儿,啊,我的鸟儿,听我的话,不要垂翅吧。

长夜躺在你的路边,黎明在朦胧的山后睡眠。

星辰屏息地数着时间,柔弱的月儿在夜中浮泛。
鸟儿,啊,我的鸟儿,听我的话,不要垂翅吧。

对于你,这里没有希望,没有恐怖。
这里没有消息,没有低语,没有呼唤。
这里没有家,没有休息的床。
这里只有你自己的一双翅翼和无路的天空。
鸟儿,啊,我的鸟儿,听我的话,不要垂翅吧。

六八

没有人永远活着,弟兄,没有东西可以经久。把这谨记在心及时行乐吧。

我们的生命不是那个旧的负担,我们的道路不是那条长的旅程。

一个单独的诗人,不必去唱一支旧歌。

花儿萎谢;但是戴花的人不必永远悲伤。

弟兄,把这个谨记在心及时行乐吧。

必须有一段完全的停歇,好把"圆满"编进音乐。

生命向它的黄昏下落,为了沉浸于金影之中。

必须从游戏中把"爱"召回,去饮忧伤之酒,再去生于泪天。

弟兄,把这谨记在心及时行乐吧。

我们忙去采花,怕被过路的风偷走。

去夺取稍纵即逝的接吻,使我们血液奔流双目发光。

我们的生命是热切的,愿望是强烈的,因为时间在敲着离别之钟。

弟兄,把这谨记在心及时行乐吧。

我们没有时间去把握一件事物,揉碎它又把它丢在地上。

时间急速地走过,把梦幻藏在裙底。

我们的生命是短促的,只有几天恋爱的工夫。

若是为工作和劳役,生命就变得无尽地漫长。
弟兄,把这谨记在心及时行乐吧。

美对我们是甜柔的,因为她和我们生命的快速调子应节舞蹈。
知识对我们是宝贵的,因为我们永不会有时间去完成它。
一切都在永生的天上做完。
但是大地的幻象的花朵,却被死亡保持得永远新鲜。
弟兄,把这谨记在心及时行乐吧。

六九

我要追逐金鹿。

你也许会讪笑,我的朋友,但是我追求那逃避我的幻象。

我翻山越谷,我游遍许多无名的土地,因为我要追逐金鹿。

你到市场采买,满载着回家,但不知从何时何地一阵无家之风吹到我身上。

我心中无牵无挂;我把一切所有都撇在后面。

我翻山越谷,我游遍许多无名的土地——因为我在追逐金鹿。

七〇

我记得在童年时代,有一天我在水沟里漂一只纸船。
那是七月的一个阴湿的天;我独自快乐地嬉戏。
我在沟里漂一只纸船。

忽然间阴云密布,狂风怒号,大雨倾注。
浑水像小河般流溢,把我的船冲没了。
我心里难过地想:这风暴是故意来破坏我的快乐的;它的一切恶意都是对着我的。

今天,七月的阴天是漫长的,我在默忆我生命中以我为失败者的一切游戏。
我抱怨命运,因为它屡次戏弄了我,当我忽然忆起我的沉在沟里的纸船的时候。

七一

白日未尽，河岸上的市集未散。
我只恐我的时间浪掷了，我的最后一文钱也丢掉了。
但是，没有，我的兄弟，我还有些剩余。命运并没有把我的一切都骗走。

买卖做完了。
两边的手续费都收过了，该是我回家的时候了。
但是，看门的，你要你的辛苦钱吗？
别怕，我还有点剩余。命运并没有把我的一切都骗走。

风声宣布着风暴的威胁，西方低垂的云影预报着恶兆。
静默的河水在等候着狂风。
我怕被黑夜赶上，急忙过河。
啊，船夫，你要收费！
是的，兄弟，我还有些剩余。命运并没有把我的一切都骗走。

路边树下坐着一个乞丐。可怜啊，他含着羞怯的希望看着我的脸！
他以为我富足地携带着一天的利润。

是的，兄弟，我还有点剩余。命运并没有把我的一切都骗走。

夜色愈深，路上静寂。萤火在草间闪烁。
谁以悄悄的蹑步在跟着我？
啊，我知道，你想掠夺我的一切获得。我必不使你失望！
因为我还有些剩余。命运并没有把我的一切都骗走。

夜半到家。我两手空空。
你带着切望的眼睛，在门前等我，无眠而静默。
像一只羞怯的鸟，你满怀热爱地飞到我胸前。
哎，哎，我的神，我还有许多剩余。命运并没有把我的一切都骗走。

七二

用了几天的苦工,我盖起一座庙宇。这庙里没有门窗,墙壁是用层石厚厚地垒起的。

我忘掉一切,我躲避大千世界,我神注目夺地凝视着我安放在龛里的偶像。

里面永远是黑夜,以香油的灯盏来照明。

不断的香烟,把我的心缭绕在沉重的螺旋里。

我彻夜不眠,用扭曲混乱的线条在墙上刻画出一些奇异的图形——生翼的马、人面的花、四肢像蛇的女人。

我不在任何地方留下一线之路,使鸟的歌声、叶的细语,或村镇的喧嚣得以进入。

在沉黑的仰顶上,唯一的声音是我礼赞的回响。

我的心思变得强烈而镇定,像一朵尖尖的火焰。我的感官在狂欢中昏晕。

我不知时间如何度过,直到巨雷震劈了这座庙宇,一阵剧痛刺穿我的心。

灯火显得苍白而羞愧;墙上的刻画像是被锁住的梦,无意义地瞪视着,仿佛要躲藏起来。

我看着龛上的偶像,我看见它微笑了,和神的活生生的接触,它活了起来。被我囚禁的黑夜,展起翅来飞逝了。

七三

无量的财富不是你的,我的耐心的微黑的尘土母亲。
你操劳着来填满你孩子们的嘴,但是粮食是很少的。
你给我们的欢乐礼物,永远不是完全的。
你给你孩子们做的玩具,是不牢的。
你不能满足我们的一切渴望,但是我能为此就背弃你吗?

你的含着痛苦阴影的微笑,对我的眼睛是甜柔的。
你的永不满足的爱,对我的心是亲切的。
从你的胸乳里,你是以生命而不是以不朽来哺育我们,因此你的眼睛永远是警醒的。
你累年积代地用颜色和诗歌来工作,但是你的天堂还没有盖起,仅有天堂的愁苦的意味。
你的美的创造上蒙着泪雾。

我将把我的诗歌倾注入你无言的心里,把我的爱倾注入你的爱中。
我将用劳动来礼拜你。
我看见过你的温慈的面庞,我爱你的悲哀的尘土,大地母亲。

七四

在世界的谒见堂里，一根朴素的草叶，和阳光与夜半的星辰坐在同一条毡褥上。

我的诗歌，也这样地和云彩与森林的音乐，在世界的心中平分席次。

但是，你这富有的人，你的财富，在太阳的喜悦的金光和沉思的月亮的柔光这种单纯的光彩里，却占不了一份。

包罗万象的天空的祝福，没有洒在它的上面。

等到死亡出现的时候，它就苍白枯萎，碎成尘土了。

七五

夜半，那个自称的苦行人宣告说：

"弃家求神的时候到了。啊，谁把我牵住在妄想里这么久呢？"

神低声说："是我。"但是这个人的耳朵是塞住的。

他的妻子和吃奶的孩子一同躺着，安静地睡在床的那边。

这个人说："什么人把我骗了这么久呢？"

声音又说："是神。"但是他听不见。

婴儿在梦中哭了，挨向他的母亲。

神命令说："别走，傻子，不要离开你的家。"但是他还是听不见。

神叹息又委屈地说："为什么我的仆人要把我丢下，而到处去找我呢？"

七六

　　庙前的集会正在进行。从一早起就下雨，这一天快过尽了。

　　比一切群众的欢乐还光辉的，是一个花一文钱买到一个棕叶哨子的小女孩的光辉的微笑。

　　哨子的尖脆欢乐的声音，在一切笑语喧哗之上飘浮。

　　无尽的人流挤在一起，路上泥泞，河水在涨，雨在不停地下着，田地都没在水里。

　　比一切群众的烦恼更深的，是一个小男孩的烦恼——他连买那根带颜色的小棍的一文钱都没有。

　　他苦闷的眼睛望着那间小店，使得这整个人类的集会变成悲悯的。

七七

西乡来的工人和他的妻子正忙着替砖窑挖土。

他们的小女儿到河边的渡头上；她无休无息地擦洗锅盘。

她的小弟弟，光着头，赤裸着黧黑的涂满泥土的身躯，跟着她，听她的话，在高高的河岸上耐心地等着她。

她顶着满瓶的水，平稳地走回家去，左手提着发亮的铜壶，右手拉着那个孩子——她是妈妈的小丫头，繁重的家务使她变得严肃了。

有一天我看见那赤裸的孩子伸着腿坐着。

他姐姐坐在水里，用一把土在转来转去地擦洗一把水壶。

一只毛茸茸的小羊，在河岸上吃草。

它走近这孩子身边，忽然大叫了一声，孩子吓得哭喊起来。

他姐姐放下水壶跑上岸来。

她一只手抱起弟弟，一只手抱起小羊，把她的爱抚分成两半，人类和动物的后代在慈爱的连结中合一了。

七八

在五月天里。闷热的正午仿佛无尽地悠长。干地在灼热中渴得张着口。

当我听到河边有个声音叫道:"来吧,我的宝贝!"

我合上书开窗外视。

我看见一只皮毛上尽是泥土的大水牛,眼光沉着地站在河边;一个小伙子站在没膝的水里,在叫它去洗澡。

我高兴而微笑了,我心里感到一阵甜柔的接触。

七九

我常常思索,人和动物之间没有语言,他们心中互相认识的界线在哪里。

在远古创世的清晨,通过哪一条太初乐园的单纯的小径,他们的心曾彼此访问过?

他们的亲属关系早被忘却,他们不变的足印的符号并没有消灭。

可是忽然在这无言的音乐中,那模糊的记忆清醒起来,动物用温柔的信任注视着人的脸,人也用嬉笑的感情向下望着它的眼睛。

好像两个朋友戴着面具相逢,在伪装下彼此模糊地互认着。

八〇

用一转的秋波,你能从诗人的琴弦上夺去一切诗歌的财富,美妙的女人!

但是你不愿听他们的赞扬,因此我来颂赞你。

你能使世界上最骄傲的头在你脚前俯伏。

但是你愿意崇拜的是你所爱的没有名望的人们,因此我崇拜你。

你的完美的双臂的接触,能在帝王的荣光上加上光荣。

但你却用你的手臂去扫除尘土,使你微贱的家庭整洁,因此我心中充满了钦敬。

八一

你为什么这样低声地对我耳语，啊，"死亡"，我的"死亡"。

当花儿晚谢，牛儿归棚，你偷偷地走到我身边，说出我不了解的话语。

难道你必须用昏沉的微语和冰冷的接吻来向我求爱，来赢得我心吗？啊，"死亡"，我的"死亡"。

我们的婚礼不会有铺张的仪式吗？

在你褐黄的鬈发上不系上花串吗？

在你前面没有举旗的人吗？你也没有通红的火炬，使黑夜像着火一样地明亮吗？啊，"死亡"，我的"死亡"。

你吹着法螺来吧，在无眠之夜来吧。

给我穿上红衣，紧握我的手把我娶走吧。

让你的驾着急躁嘶叫的马的车辇，准备好等在我门前吧。

揭开我的面纱骄傲地看我的脸吧，啊，"死亡"，我的"死亡"！

八二

我们今夜要做"死亡"的游戏,我的新娘和我。

夜是深黑的,空中的云霾是翻腾的,波涛在海里咆哮。

我们离开梦的床榻,推门出去,我的新娘和我。

我们坐在秋千上,狂风从后面猛烈地推送我们。

我的新娘吓得又惊又喜,她颤抖着紧靠在我的胸前。

许多日子我温存服侍她。

我替她铺一个花床,我关上门不让强烈的光射在她眼上。

我轻轻地吻她的嘴唇,软软地在她耳边低语,直到她困倦得半入昏睡。

她消失在模糊的无边甜柔的云雾之中。

我抚摸她,她没有反应;我的歌唱也不能把她唤醒。

今夜,风暴的召唤从旷野来到。

我的新娘颤抖着站起,她牵着我的手走了出来。

她的头发在风中飞扬,她的面纱飘动,她的花环在胸前窸窸作响。

死亡的推送把她摇晃活了。

我们面面相看,心心相印,我的新娘和我。

八三

她住在玉米地边的山畔,靠近那股嬉笑着流经古树的庄严的阴影的清泉。女人们提罐到这里装水,过客们在这里谈话休息。她每天随着潺潺的泉韵工作幻想。

有一天,一个陌生人从云中的山上下来;他的头发像醉蛇一样的纷乱。我们惊奇地问:"你是谁?"他不回答,只坐在喧闹的水边,沉默地望着她的茅屋。我们吓得心跳。到了夜里,我们都回家去了。

第二天早晨,女人们到杉树下的泉边取水,她们发现她茅屋的门开着,但是,她的声音没有了,她微笑的脸哪里去了呢?空罐立在地上,她屋角的灯,油尽火灭了。没有人晓得在黎明以前她跑到哪里去了——那个陌生人也不见了。

到了五月,阳光渐强,冰雪化尽,我们坐在泉边哭泣。我们心里想:"她去的地方有泉水吗?在这炎热焦渴的天气中,她能到哪里去取水呢?"我们惶恐地对问:"在我们住的山外还有地方吗?"

夏天的夜里;微风从南方吹来;我坐在她的空屋里,没有点上的灯仍在那里立着。忽然间那座山峰,像帘幕拉开一样从我眼前消失了。"啊,那是她来了。你好吗,我的孩子?你快乐吗?在无遮的天空下,你有个荫凉的地方吗?可怜啊,我们的泉水不在这里供你解渴。"

"那边还是那个天空,"她说,"只是不受屏山的遮隔——也还是那股流泉长成江河——也还是那片土地伸广变成平原。""一切都有了,"我叹息说,"只有我们不在。"她含愁地笑着说;"你们是在我的心里。"我醒起听见泉流潺潺,杉树的叶子在夜中沙沙地响着。

八四

黄绿的稻田上掠过秋云的阴影,后面是狂追的太阳。
蜜蜂被光明所陶醉,忘了吸蜜,只痴呆地飞翔嗡唱。
河里岛上的鸭群,无缘无故地欢乐地吵闹。
我们都不回家吧,兄弟们,今天早晨我们都不去工作。
让我们以狂风暴雨之势占领青天,让我们飞奔着抢夺空间吧。
笑声飘浮在空气上,像洪水上的泡沫。
弟兄们,让我们把清晨浪费在无用的歌曲上面吧。

八五

你是什么人,读者,百年后读着我的诗?

我不能从春天的财富里送你一朵花,从天边的云彩里送你一片金影。

开起门来四望吧。

从你的群花盛开的园子里,采取百年前消逝了的花儿的芬芳记忆。

在你心的欢乐里,愿你感到一个春晨吟唱的活的欢乐,把它快乐的声音,传过一百年的时间。

·飞鸟集·

(郑振铎 译)

1

夏天的飞鸟,飞到我窗前唱歌,又飞去了。
秋天的黄叶,它们没有什么可唱,只叹息了一声,飞落在那里。

2

世界上的一队小小的漂泊者呀,请留下你们的足印在我的文字里。

3

世界对着它的爱人,把它浩瀚的面具揭下了。
它变小了,小如一首歌,小如一回永恒的接吻。

4

是"地"的泪点,使她的微笑保持着青春不谢。

5

广漠无垠的沙漠热烈地追求着一叶绿草的爱,但她摇摇头,笑起来,飞了开去。

6

如果错过太阳时你流了泪,那么你也要错过群星了。

7

跳舞着的流水呀,在你途中的泥沙,要求你的歌声,你的流动呢。你肯挟跛足的泥沙而俱下吗?

8

她的热切的脸,如夜雨似的,搅扰着我的梦魂。

9

有一次,我们梦见大家都是不相识的。
我们醒了,却知道我们原是相亲相爱的。

10

忧思在我的心里平静下去,正如黄昏在寂静的林中。

11

有些看不见的手指,如懒懒的微飔似的,正在我的心上,奏着潺湲的乐声。

12

"海水呀,你说的是什么?"

"是永恒的疑问。"

"天空呀,你回答的话是什么?"

"是永恒的沉默。"

13

静静地听,我的心呀,听那"世界"的低语,这是他对你的爱的表示呀。

14

创造的神秘,有如夜间的黑暗——是伟大的。而知识的幻影,不过如晨间之雾。

15

不要因为峭壁是高的,而让你的爱情坐在峭壁上。

16

我今晨坐在窗前,"世界"如一个过路的人似的,停留了一会,向我点点头又走过去了。

17

这些微思,是绿叶的簌簌之声呀;他们在我的心里,愉悦地微语着。

18

你看不见你的真相,你所看见的,只是你的影子。

19

主呀,我的那些愿望真是愚傻呀,它们杂在你的歌声中喧叫着呢。让我只是静听着吧。

20

我不能选择那最好的。
是那最好的选择我。

21

那些把灯背在他们的背上的人,把他们的影子投到他们前面去。

22

我存在,乃是所谓生命的一个永久的奇迹。

23

"我们,萧萧的树叶,都有声响回答那暴风雨,但你是谁呢,那样地沉默着?"

"我不过是一朵花。"

24

休息之隶属于工作,正如眼睑之隶属于眼睛。

25

人是一个初生的孩子,他的力量,就是生长的力量。

26

上帝希望我们酬答他的,在于他送给我们的花朵,而不在于太阳和土地。

27

光如一个裸体的孩子,快快活活地在绿叶当中游戏,他不知道人是会欺诈的。

28

啊,美呀,在爱中找你自己吧,不要到你镜子的谄谀中去找呀。

29

我的心冲激着她的波浪在"世界"的海岸上,蘸着眼泪在上边写着她的题记:
"我爱你。"

30

"月儿呀,你在等候什么呢?"
"要致敬意于我必须给他让路的太阳。"

31

绿树长到了我的窗前,仿佛是喑哑的大地发出的渴望的声音。

32

上帝自己的清晨,在他自己看来也是新奇的。

33

生命因了"世界"的要求,得到他的资产,因了爱的要求,得到他的价值。

34

干的河床,并不感谢他的过去。

35

鸟儿愿为一朵云。
云儿愿为一只鸟。

36

瀑布唱道:"我得到自由时便有歌声了。"

37

我不能说出这心为什么那样默默地颓丧着。
那小小的需要,他是永不要求,永不知道,永不记着的。

38

妇人,你在料理家事的时候,你的手足歌唱着,正如山间的溪水歌唱着在小石中流过。

39

太阳横过西方的海面时，对着东方，致他的最后的敬礼。

40

不要因为你自己没有胃口，而去责备你的食物。

41

群树如表示大地的愿望似的，竖趾立着，向天空窥望。

42

你微微地笑着，不同我说什么话，而我觉得，为了这个，我已等待很久了。

43

水里的游鱼是沉默的,陆地上的兽类是喧闹的,空中的飞鸟是歌唱着的;但是人类却兼有了海里的沉默,地上的喧闹,与空中的音乐。

44

"世界"在踌躇之心的琴弦上跑过去,奏出忧郁的乐声。

45

他把他的刀剑当做他的上帝。
当他的刀剑胜利时他自己却失败了。

46

上帝从创造中找到他自己。

47

阴影戴上她的面纱,秘密地,温顺地,用她的沉默的爱的脚步,跟在"光"后边。

48

群星不怕显得像萤火虫那样。

49

谢谢上帝,我不是一个权力的轮子,而是被压在这轮下的活人之一。

50

心是尖锐的,不是宽博的,它执著在每一点上,却并不活动。

51

你的偶像飞散在尘土中了,这可证明上帝的尘土比你的偶像还伟大。

52

人在他的历史中表现不出他自己,他在历史中奋斗着露出头角。

53

玻璃灯因为瓦灯叫他做表兄而责备瓦灯,但当明月出来时,玻璃灯却温和地微笑着,叫明月为——"我亲爱的,亲爱的姊姊。"

54

我们如海鸥之与波涛相遇似的,遇见了,走近了。海鸥飞去,波涛滚滚地流开,我们也分别了。

55

日间的工作完了,于是我像一只拖在海滩上的小船,静静地听着晚潮跳舞的乐声。

56

我们的生命是天赋的,我们唯有献出生命,才能得到生命。

57

当我们大为谦卑的时候,便是我们最近于伟大的时候。

58

麻雀看见孔雀负担着它的翎尾,替它担忧。

59

决不要害怕刹那——永恒之声这样唱着。

60

飓风于无路之中寻求最短之路,又突然地在"无何有之国"终止它的寻求了。

61

在我自己的杯中,饮了我的酒吧,朋友。
一倒在别人的杯里,这酒的腾跳的泡沫便要消失了。

62

"完全"为了对"不全"的爱,把自己装饰得美丽。

63

上帝对人说道:"我医治你,所以要伤害你,我爱你,所以要惩罚你。"

64

谢谢火焰给你光明,但是不要忘了那执灯的人,他是坚忍地站在黑暗当中呢。

65

小草呀,你的足步虽小,但是你拥有你足下的土地。

66

幼花开放了它的蓓蕾,叫道:"亲爱的世界呀,请不要萎谢了。"

67

上帝对于大帝国会生厌,却决不会厌恶那小小的花朵。

68

错误经不起失败,但是真理却不怕失败。

69

瀑布歌唱道:"虽然渴者只要少许的水便够了,我却很快活地给予了我全部的水。"

70

把那些花朵抛掷上去的那一阵子无休无止的狂欢大喜的劲儿,其源泉是在哪里呢?

71

樵夫的斧头，问树要斧柄。
树便给了他。

72

这寡独的黄昏，幕着雾与雨，我在我心的孤寂里，感觉到它的叹息了。

73

贞操是从丰富的爱情中生出来的资产。

74

雾，像爱情一样，在山峰的心上游戏，生出种种美丽的变幻。

75

我们把世界看错了,反说他欺骗我们。

76

诗人的风,正出经海洋和森林,求它自己的歌声。

77

每一个孩子生出时所带的神示说:上帝对于人尚未灰心失望呢。

78

绿草求她地上的伴侣。
树木求他天空的寂寞。

79

人对他自己建筑起堤防来。

80

我的朋友,你的语声飘荡在我的心里,像那海水的低吟之声,缭绕在静听着的松林之间。

81

这个不可见的黑暗之火焰,以繁星为其火花的,到底是什么呢?

82

使生如夏花之绚烂,死如秋叶之静美。

83

那想做好人的,在门外敲着门,那爱人的,看见门敞开着。

84

在死的时候,众多合而为一,在生的时候,这"一"化而为众多。上帝死了的时候,宗教便将合而为一。

85

艺术家是自然的情人,所以他是自然的奴隶,也是自然的主人。

86

"你离我有多远呢,果实呀?"
"我是藏在你的心里呢,花呀。"

87

这个渴望是为了那个在黑夜里感觉得到、在大白天里却看不见的人。

88

露珠对湖水说道:"你,是在荷叶下面的大露珠,我是在荷叶上面的较小的露珠。"

89

刀鞘保护刀的锋利,它自己则满足于它的迟钝。

90

在黑暗中"一"视若一体,在光亮中,"一"便视若众多。

91

大地借助于绿草,显出她自己的殷勤好客。

92

绿叶的生与死乃是旋风的急骤的旋转,它的更广大的旋转的圈子乃是在天上繁星之间徐缓的转动。

93

权威对世界说道:"你是我的。"
世界便把权威囚禁在她的宝座下面。
爱情对世界说道:"我是你的。"
世界便给予爱情在她屋内来往的自由。

94

浓雾仿佛是大地的愿望。
它藏起了太阳,而太阳乃是她所呼求的。

95

安静些吧,我的心,这些大树都是祈祷者呀。

96

瞬刻的喧声,讥笑着永恒的音乐。

97

我想起了浮泛在生与爱与死的川流上的许多别的时代,以及这些时代之被遗忘,我便感觉到离升尘世的自由了。

98

我灵魂里的忧郁就是她的新妇的面纱。
这面纱等候着在夜间卸去。

99

死之印记给生的钱币以价值;使它能够用生命来购买那真正的宝物。

100

白云谦逊地站在天之一隅。
晨光给他戴上了霞彩。

101

尘土受到损辱,却以她的花朵来报答。

102

只管走过去,不必逗留着去采了花朵来保存,因为一路上,花朵自会继续开放的。

103

根是地下的枝。
枝是空中的根。

104

远远去了的夏之音乐,翱翔于秋间,寻求它的旧垒。

105

不要从你自己的袋里掏出勋绩借给你的朋友,这是污辱他的。

106

无名的日子的感触,攀援在我的心上,正像那绿色的苔藓,攀援在老树的周身。

107

回声嘲笑着她的原声,以证明她是原声。

108

当富贵利达的人自夸说他得到上帝的特别恩惠时,上帝却羞了。

109

我投射我自己的影子在我的路上,因为我有一盏还没有点燃起来的明灯。

110

人走进喧哗的群众里去,为的是要淹没他自己的沉默的呼号。

111

终止于衰竭的是"死亡",但"圆满"却终止于无穷。

112

太阳穿一件朴素的光衣。白云却披了灿烂的裙裾。

113

山峰如群儿之喧嚷,举起他们的双臂,想去捉天上的星星。

114

道路虽然拥挤,却是寂寞的,因为它是不被爱的。

115

权威以它的恶行自夸,落下的黄叶与浮游过的云片都在笑它。

116

今天大地在太阳光里向我嘤嘤哼鸣,像一个织着布的妇人,用一种已经被忘却的语言,哼着一些古代的歌曲。

117

绿草是无愧于它所生长的伟大世界的。

118

梦是一个一定要谈话的妻子。
睡眠是一个默默忍受的丈夫。

119

夜与逝去的日子接吻,轻轻地在他耳旁说道:"我是死,是你的母亲。我就要给你以新的生命。"

120

黑夜呀,我感觉到你的美了,你的美如一个可爱的妇人,当她把灯灭了的时候。

121

我把在那些已逝去的世界上的繁荣带到我的世界上来。

122

亲爱的朋友呀,当我静听着海涛时,我有好几次在暮色深沉的黄昏里,在这个海岸上,感到你伟大思想的沉默了。

123

鸟以为把鱼举在空中是一种慈善的举动。

124

夜对太阳说道:"在月亮中,你送了你的情书给我。"
"我已在绿草上留下我的流着泪点的回答了。"

125

伟人是一个天生的孩子,当他死时,他把他伟大的孩提时代给了世界。

126

不是槌的打击,乃是水的载歌载舞,使鹅卵石臻于完美。

127

蜜蜂从花中啜蜜,离开时嘤嘤地道谢。
浮夸的蝴蝶却相信花是应该向他道谢的。

128

如果你不等待着要说出完全的真理,那么把话说出来是很容易的。

129

"可能"问"不可能"道:"你住在什么地方?"
它回答道:"在那无能为力者的梦境里。"

130

如果你把所有的错误都关在门外时,真理也要被关在外面了。

131

我听见有些东西在我心的忧闷后面萧萧作响——我不能看见它们。

132

闲暇在活动时便是工作。
静止的海水动荡时便成波涛。

133

绿叶恋爱时便成了花。
花崇拜时便成了果实。

134

埋在地下的树根使树枝产生果实,却并不要求什么报酬。

135

阴雨的黄昏,风不休地吹着。
我看着摇曳的树枝,想念着万物的伟大。

136

子夜的风雨,如一个巨大的孩子,在不合时宜的黑夜里醒来,开始游戏和喊叫起来了。

137

海呀，你这暴风雨的孤寂的新妇呀，你虽掀起波浪追随你的情人，但是无用呀。

138

文字对工作说道："我惭愧我的空虚。"
工作对文字说道："当我看见你时，我便知道我是怎样地贫乏了。"

139

时间是变化的财富，但时钟在它的游戏文章里却使它只不过是变化而没有财富。

140

真理穿了衣裳觉得事实太拘束了。
在想象中,她却转动得很舒畅。

141

当我到这里、到那里地旅行着时,路呀,我厌倦了你了,但是现在,当你引导我到各处去时,我便爱上你,与你结婚了。

142

让我设想,在群星之中,有一颗星是指导着我的生命通过不可知的黑暗的。

143

妇人,你用了你美丽的手指,触着我的器具,秩序便如音乐似的生出来了。

144

一个忧郁的声音,筑巢于逝水似的年华中。
它在夜里向我唱道——"我曾爱你。"

145

燃着的火,以他的熊熊之光焰禁止我走近他。
把我从潜藏在灰中的余烬里救出来吧。

146

我有群星在天上,
但是,唉,我屋里的小灯却没有点亮。

147

死文字的尘土沾着你。
用沉默去洗净你的灵魂吧。

148

生命里留了许多罅隙,从这些罅隙中,送来了死之忧郁的音乐。

149

世界已在早晨敞开了它的光明之心。

出来吧，我的心，带了你的爱去与它相会。

150

我的思想随着这些闪耀的绿叶而闪耀着，我的心灵接触着这日光也唱了起来；我的生命因为偕了万物一同浮泛在空间的蔚蓝、时间的墨黑中，正在快乐着呢。

151

上帝的巨大的权威是在柔和的微飔里，而不在狂风暴雨之中。

152

在梦中，一切事都散漫着，都压着我，但这不过是一个梦呀。但我醒来时，我便将觉得这些事都已聚集在你那里，我也便将自由了。

153

落日问道:"有谁在继续我的职务呢?"
瓦灯说道:"我要尽我力之所能的去做,我的主人。"

154

采着花瓣时,得不到花的美丽。

155

沉默蕴蓄着语声,正如鸟巢拥围着睡鸟。

156

大的不怕与小的同游。
居中的却远而避之。

157

夜秘密地把花开放了,却让那白日去领受谢词。

158

权力认为牺牲者的痛苦是忘恩负义。

159

当我们以我们的充实为乐时,那么,我们便能很快乐地跟我们的果实分手了。

160

雨点与大地接吻,微语道:"我们是你的思家的孩子,母亲,现在从天上回到你这里来了。"

161

蛛网好像要捉露点,却捉住了苍蝇。

162

爱情呀!当你手里拿着点亮了的痛苦之灯走来时,我能够看见你的脸,而且以你为幸福。

163

萤火对天上的星道:"学者说你的光明,总有一天会消灭的。"
天上的星不回答他。

164

在黄昏的微光里,有那清晨的鸟儿来到了我的沉默的鸟巢里。

165

思想掠过我的心上,如一群野鸭飞过天空。
我听见它们鼓翼之声了。

166

沟渠总喜欢想:河流的存在,是专为着供给它水流的。

167

世界以它的痛苦同我接吻,而要求歌声做报酬。

168

压迫着我的,到底是我想要外出的灵魂呢,还是那世界的灵魂,敲着我心的门想要进来?

169

思想以它自己的言语喂养它自己而成长起来。

170

我把我的心之碗轻轻浸入这沉默之时刻中;它充满了爱了。

171

或者你在做着工作,或者你没有。
当你不得不说:"让我们做些事吧。"那么就要开始胡闹了。

172

向日葵羞于把无名的花朵看作她的同胞。
太阳升上来了,向它微笑,说道:"你好吗,我的宝贝儿?"

173

"谁如命运似的推着我向前走呢?"
"那是我自己,在身后大跨步走着。"

174

云把水倒在河的水杯里,它们自己却藏在远山之中。

175

我一路走去,从我的水瓶中漏出水来。
只留着极少极少的水供我家里用。

176

杯中的水是光辉的;海中的水却是黑色的。

小理可以用文字来说清楚；大理却只有沉默。

177

你的微笑是你自己田园里的花，你的谈吐是你自己山上的松林的萧萧，但是你的心呀，却是那个女人，那个我们全都认识的女人。

178

我把小小的礼物留给我所爱的人——大的礼物却留给一切的人。

179

妇人呀，你用你的眼泪的深邃包绕着世界的心，正如大海包绕着大地。

180

太阳以微笑向我问候。
雨，它的忧闷的妹妹，向我的心谈话。

181

我的昼间之花,落下它那被遗忘的花瓣。
在黄昏中,这花成熟为一颗记忆的金果。

182

我像那夜间之路,正静悄悄地听着记忆的足音。

183

黄昏的天空,在我看来,像一扇窗户,一盏灯火,灯火背后的一次等待。

184

太忙于做好事的人,反而找不到时间去做好事。

185

我是秋云,空空的不载着雨水,但在成熟的稻田中,看见了我的充实。

186

他们嫉妒,他们残杀,人反而称赞他们。
然而上帝却害了羞,匆匆地把他的记忆埋藏在绿草下面。

187

脚趾乃是舍弃了其过去的手指。

188

黑暗向光明旅行,但是盲者却向死亡旅行。

189

小狗疑心大宇宙阴谋篡夺它的位置。

190

静静地坐吧,我的心,不要扬起你的尘土。
让世界自己寻路向你走来。

191

弓在箭要射出之前,低声对箭说道:"你的自由是我的。"

192

妇人,在你的笑声里有着生命之泉的音乐。

193

全是理智的心,恰如一柄全是锋刃的刀。
叫使用它的人手上流血。

194

上帝爱人间的灯光甚于他自己的大星。

195

这世界乃是为美之音乐所驯服了的、狂风骤雨的世界。

196

夕照中的云彩向太阳说道:"我的心经了你的亲吻,便似金的宝箱了。"

197

接触着,你许会杀害;远离着,你许会占有。

198

蟋蟀的唧唧,夜雨的淅沥,从黑暗中传到我的耳边,好似我已逝的少年时代沙沙地来到我梦境中。

199

花朵向失落了它所有的星辰的曙天叫道:"我的露点全失落了。"

200

燃烧着的木块,熊熊地生出火光,叫道:"这是我的花朵,我的死亡。"

201

黄蜂以邻蜂储蜜之巢为太小。
它的邻人要它去建筑一个更小的。

202

河岸向河流说道:"我不能留住你的波浪。"
"让我保存你的足印在我的心里吧。"

203

白日以这小小地球的喧扰,淹没了整个宇宙的沉默。

204

歌声在空中感到无限,图画在地上感到无限,诗呢,无论在空中,在地上都是如此；

因为诗的词句含有能走动的意义与能飞翔的音乐。

205

太阳在西方落下时，他的早晨的东方已静悄悄地站在他面前。

206

让我不要错误地把自己放在我的世界里而使它反对我。

207

荣誉羞着我，因为我暗地里求着它。

208

当我没有什么事做时，便让我不做什么事，不受骚扰地沉入安静深处吧，一如那海水沉默时海边的暮色。

209

少女呀，你的纯朴，如湖水之碧，表现出你的真理之深邃。

210

最好的东西不是独来的。
他伴了所有的东西同来。

211

上帝的右手是慈爱的，但是他的左手却可怕。

212

我的晚色从陌生的树木中走来，它用我的晨星所不懂的语言说话。

213

夜之黑暗是一只口袋,盛满了发出黎明的金光的口袋。

214

我们的欲望,把彩虹的颜色,借给那只不过是云雾的人生。

215

上帝等待着要从人的手上把他自己的花朵作为礼物赢得回去。

216

我的忧思缠扰着我,要问我它们自己的名字。

217

果实的事业是尊贵的,花的事业是甜美的,但是让我做叶的事业罢,叶是谦逊地、专心地垂着绿荫①的。

218

我的心向着阑珊的风,张了帆,要到无论何处的阴凉之岛去。

219

独夫们是凶暴的,但人民是善良的。

220

把我当做你的杯吧,让我为了你,而且为了你的人而盛满了水吧。

---

① 现在规范词形写作"绿阴"。

221

狂风暴雨像是那因他的爱情被大地所拒绝而在痛苦中的天神的哭声。

222

世界不会裂开,因为死亡并不是一个罅隙。

223

生命因为失去了的爱情而更为富足。

224

我的朋友,你伟大的心闪射出东方朝阳的光芒,正如黎明中一个积雪的孤峰。

225

死之流泉,使生的止水跳跃。

226

那些有一切东西而没有您的人,我的上帝,在讥笑着那些没有别的东西而只有您的人呢。

227

生命的运动在它自己的音乐里得到它的休息。

228

踢足只能从地上扬起灰尘而不能得到收获。

229

我们的名字,便是夜里海波上发出的光,痕迹也不留地就泯灭了。

230

让睁眼看着玫瑰花的人也看看它的刺。

231

鸟翼上系上了黄金,这鸟便永不能再在天上翱翔了。

232

我们地方的荷花又在这里陌生的水上开了花,放出同样的清香,只是名字换了。

233

在心的远景里,那相隔的距离显得更广阔了。

234

月儿把她的光明遍照在天上,却留着她的黑斑给她自己。

235

不要说"这是早晨了"。就用一个"昨天"的名词把它打发掉。把它当做第一次看到的还没有名字的新生孩子吧。

236

青烟对天空夸口,灰烬对大地夸口,都以为它们是火的兄弟。

237

雨点向茉莉花微语道:"把我永久地留在你的心里吧。"
茉莉花叹息了一声,落在地上了。

238

惴怯的思想呀,不要怕我。
我是一个诗人。

239

我的心在朦胧的沉默里,似乎充满了蟋蟀的鸣声——那灰色的微明的歌声。

240

爆竹呀,你对于群星的侮蔑,又跟了你自己回到地上来了。

241

您曾经带领着我,穿过我白天拥挤不堪的旅行,而到达了我黄昏的孤寂之境。

在通宵的寂静里,我等待着它的意义。

242

我们的生命就似渡过一个大海,我们都相聚在这个狭小的舟中。

死时,我们便到了岸,各往各的世界去了。

243

真理之川从他的错误之沟渠中流过。

244

今天我的心是在想家了,在想着那跨过时间之海的那一个甜蜜的时候。

245

鸟的歌声是曙光从大地反响过去的回声。

246

晨光问毛茛道:"你是不是骄傲得不肯和我接吻?"

247

小花问道:"我要怎样地对你唱,怎样地崇拜你呢,太阳呀?"
太阳答道:"只要用你的纯洁的简朴的沉默。"

248

当人是兽时,他比兽还坏。

249

黑云受光的接吻时便变成天上的花朵。

250

不要让刀锋讥笑它柄子的拙钝。

251

夜的沉默，如一个深深的灯盏，银河便是它燃着的灯光。

252

死像大海的无限的歌声，日夜冲击着生命的光明岛的四周。

253

花瓣似的山峰在饮着日光，这山岂不像一朵花吗？

254

"真实"的含义被误解、轻重被倒置，那就成了"不真实"。

255

我的心呀,从世界的流动中,找你的美吧,正如那小船得到风与水的优美似的。

256

眼不以能视来骄人,却以它们的眼镜来骄人。

257

我住在我的这个小小的世界里,生怕使它再缩小一丁点儿了。把我抬举到您的世界里去吧,让我高高兴兴地失去我的一切的自由。

258

虚伪永远不能凭借它生长在权力中而变成真实。

259

我的心,同着它的歌拍打舐岸的波浪,渴望着要抚爱这个阳光熙和的绿色世界。

260

道旁的草,爱那天上的星吧,那么,你的梦境便可在花朵里实现了。

261

让你的音乐如一柄利刃,直刺入市井喧扰的心中吧。

262

这树的颤动之叶,触动着我的心,像一个婴儿的手指。

263

小花睡在尘土里。

它寻求蝴蝶走的道路。

264

我是在道路纵横的世界上。

夜来了。打开您的门吧,家之世界啊。

265

我已经唱过了您的白天的歌。

在黄昏时候,让我拿着您的灯走过风雨飘摇的道路吧。

266

我不要求你进我的屋里。
你且到我无量的孤寂里吧,我的爱人!

267

死之隶属于生命,正与出生一样。
举足是在走路,正如放下足也是在走路。

268

我已经学会了你在花与阳光里微语的意义——再教我明白你在苦与死中所说的话吧。

269

夜的花朵来晚了,当早晨吻着她时,她战栗着,叹息了一声,萎落在地上了。

270

从万物的愁苦中,我听见了"永恒母亲"的呻吟。

271

大地呀,我到你岸上时是一个陌生人,住在你屋内时是一个宾客,离开你的门时是一个朋友。

272

当我去时,让我的思想到你那里来,如那夕阳的余光,映在沉默的星天的边上。

273

在我的心头点燃起那休憩的黄昏星吧,然后让黑夜向我微语着爱情。

274

我是一个在黑暗中的孩子。
我从夜的被单里向你伸出我的双手,母亲。

275

白天的工作完了。把我的脸掩藏在您的臂间吧,母亲。
让我做梦。

276

集会时的灯光,点了很久;会散时,灯便立刻灭了。

277

当我死时,世界呀,请在你的沉默中,替我留着"我已经爱过了"这句话吧。

278

我们在热爱世界时便生活在这世界上。

279

让死者有那不朽的名,但让生者有那不朽的爱。

280

我看见你,像那半醒的婴孩在黎明的微光里看见他的母亲,于是微笑而又睡去了。

281

我将死了又死,以明白生是无穷无竭的。

282

当我和拥挤的人群一同在路上走过时,我看见您从洋台①上送过来的微笑,我歌唱着,忘却了所有的喧哗。

---

① 现在规范词形写作"阳台"。

283

爱就是充实了的生命,正如盛满了酒的酒杯。

284

他们点了他们自己的灯,在他们的寺院内,吟唱他们自己的话语。但是小鸟们却在你的晨光中,唱着你的名字——因为你的名字便是快乐。

285

领我到您的沉寂的中心,使我的心充满了歌吧。

286

让那些选择了他们自己焰火哔哔的世界的,就生活在那里吧。

我的心渴望着您的繁星,我的上帝。

287

爱的痛苦环绕着我的一生,像汹涌的大海似的唱着,而爱的快乐却像鸟儿们在花林里似的唱着。

288

假如您愿意,您就熄了灯吧。
我将明白您的黑暗,而且将喜爱它。

289

当我在那日子的终了,站在您的面前时,您将看见我的伤疤,而知道我有我许多的创伤,但也有我医治的法儿。

290

总有一天，我要在别的世界的晨光里对你唱道："我以前在地球的光里，在人的爱里，已经见过你了。"

291

从别的日子里飘浮到我的生命里的黑云，不再落下雨点或引起风暴了，却只给予我的夕阳的天空以色彩。

292

真理引起了反对它自己的狂风骤雨，那场风雨吹散了真理广播的种子。

293

昨夜的风雨给今日的早晨戴上了金色的和平。

294

真理仿佛带了它的结论而来;而那结论却产生了它的第二个。

295

他是有福的,因为他的名望并没有比他的真实更光亮。

296

您的名字的甜蜜充溢着我的心,而我忘掉了我自己的——就像您的早晨的太阳升起时,那大雾便消失了。

297

静悄悄的黑夜具有母亲的美丽,而吵闹的白天具有孩子的美。

298

当人微笑时,世界爱了他。当他大笑时,世界便怕了他。

299

上帝等待着人在智慧中重新获得童年。

300

让我感到这个世界乃是您的爱的成形吧,那么,我的爱也将帮助着它。

301

您的太阳光对着我心头的冬天微笑着,从来不怀疑它的春天的花朵。

302

上帝在他的爱里吻着"有涯",而人却吻着"无涯"。

303

您横越过不毛之地的沙漠而到达了圆满的时刻。

304

上帝的静默使人的思想成熟而为语言。

305

"永恒的旅客"呀,你可以在我的歌中找到你的足迹。

306

让我不至于羞辱您吧,父亲,您在您的孩子们身上显现出您的光荣。

307

这一天是不快活的,光在蹙额的云下,如一个被打的儿童,在灰白的脸上留着泪痕,风又叫号着似一个受伤的世界的哭声。但是我知道我正跋涉着去会我的朋友。

308

今天晚上棕榈叶在嚓嚓地作响,海上有大浪,满月啊,就像世界的心脉在悸跳。从什么不可知的天空,您在您的沉默里带来了爱的痛苦的秘密?

309

我梦见了一颗星,一个光明的岛屿,我将在那里出生,而在它的快速的闲暇的深处,我的生命将成熟它的事业,像在秋天的阳光之下的稻田。

310

雨中的湿土的气息,就像从渺小的无声的群众那里来的一阵巨大的赞美歌声。

311

说爱情会失去的那句话,乃是我们不能够当做真理来接受的一个事实。

312

我们将有一天会明白,死永远不能够夺去我们的灵魂所获得的东西,因为她所获得的,和她自己是一体。

313

上帝在我的黄昏的微光中,带着花到我这里来,这些花都是我过去时的,在他的花篮中,还保存得很新鲜。

314

主呀,当我的生之琴弦都已调得谐和时,你的手的一弹一奏,都可以发出爱的乐声来。

315

让我真真实实地活着吧,我的上帝,这样,死对于我也就成了真实的了。

316

人类的历史很忍耐地在等待着被侮辱者的胜利。

317

我这一刻感到你的眼光正落在我的心上,像那早晨阳光中的沉默落在已收获的孤寂的田野上一样。

318

我渴望着歌的岛峙立在这喧哗的波涛起伏的海中。

319

夜的序曲是开始于夕阳西下的音乐,开始于它向着难以形容的黑暗的庄严的赞歌。

320

我攀登上高峰,发现在名誉的荒芜不毛的高处,简直找不到遮身之地。我的导引者啊,领导着我在光明逝去之前,进到沉静的山谷里去吧,在那里,生的收获成熟为黄金的智慧。

321

在这个黄昏的朦胧里,好些东西看来都有些幻相——尖塔的底层在黑暗里消失了,树顶像墨水的斑点似的。我将等待着黎明,而当我醒来的时候,就会看到在光明里的您的城市。

322

我曾经受苦过,曾经失望过,曾经体会过"死亡",于是我以我在这伟大的世界里为乐。

323

在我的一生里,也有贫乏和沉默的地域。它们是我忙碌的日子得到日光与空气的几片空旷之地。

324

我的未完成的过去,从后边缠绕到我身上,使我难以死去,请从它那里释放了我吧。

325

"我相信你的爱。"让这句话做我最后的话。

导　读[1]

◎ 威廉·雷迪斯

当一个西方人试图就印度的某些方面写点东西时，困难之一在于：你的思维习惯和写作方式与你所要描述的主题不相适应。焦虑之际，我突然被《伊莎奥义书》中的一首诗所打动。这首诗由六个命题构成，大部分译者将其译为两行：

它动，它不动；它远，却亦近。
它于万物之内，它在万物之外。（麦克斯·缪勒　译）

他动，他亦不动。他远，他亦近。
他于一切之内，他在一切之外。（胡安·马斯卡罗　译）[2]

较之任何其他文学作品，奥义书（部分奥义书的历史可追溯至公元前八世纪）对拉宾德拉纳特·泰戈尔的意义更为重大，而《伊莎奥义书》对他来说尤为亲切，他曾在一九一七年《人格》系列演讲的第二讲中详细讲解过它。对泰戈尔的父亲、宗教改革家迪本德拉纳特·泰戈

---

[1] 此文译自英国企鹅黑经典《泰戈尔诗选》导读。作者威廉·雷迪斯（William Radice），英国诗人、作家，伦敦大学亚非学院孟加拉语高级讲师，译有包括英国企鹅黑经典版《泰戈尔诗选》在内的多部泰戈尔作品。

[2] 本诗是《伊莎奥义书》第五首，徐梵澄《五十奥义书》译为：彼动作兮彼休，彼在远兮又迩；彼居群有兮内中，彼亦于群有兮外止。

尔而言，《伊莎奥义书》是一部启示录，他曾在自传中写到了自己从身边飘落的一张梵文散页上意外发现这部书第一首诗的过程。而打动我的则是上面全文引用的第五首。这首诗与神以及婆罗门的本质有关，试图借助矛盾对立来描述世界与精神、永恒与短暂、无限与有限、超越性与内在性之间的互动关系，而这也正是泰戈尔对自己所有作品的主题的界定。因此，我觉得这首诗里的每个命题都可以单独作为本导读主体部分的小标题使用。我可能会把这些命题的意义推展得过远，以致远离了先知创作《伊莎奥义书》时的本意，但我找不到更好的办法来处理泰戈尔其人其作的复杂性与诸多矛盾之处。

"他动"

泰戈尔是十九世纪孟加拉之子，也是加尔各答之子；现代印度的几乎所有主要文化、政治、经济面貌都可追溯到斯时斯地。如果用一个词来总括印度在与西方列强的接触中所获得的所有新质素，那个词会是"进步"。我无意在此就英国殖民统治的功过做任何价值评判，我仅仅是说，在英国殖民之前的印度，作为一种理念或理想的"进步"并不存在，然而到十九世纪三十年代时，孟加拉人面前已矗立起一座城市——加尔各答。后者从胡格利东岸的一个小小村落逐渐进步为"宫殿之城"，一个庞大的商业中心，东印度公司下辖所有地区的首都；而孟加拉人也越来越多地陷入与"进步"有关的争议之中——教育进步、宗教进步、法治及政治进步，还有文学和语言学的进步。泰戈尔家族处于巨变的中心。泰戈尔的祖父德瓦尔卡纳特·泰戈尔很早便积累起大量的家族财富，并通过自己的公司卡尔泰戈尔集团掌控着一个涉及农业、采矿、贸易及银行业的庞大商业网络。他以豪奢慷慨的生活方式著称，人称"德瓦尔卡纳特亲王"。如果没有英国的殖民统治，德瓦尔卡纳特不可能拥有这样一份事业；他于一八四六年去世时，正身处伦敦，而不是在自己的家乡——当时恰逢他第二次访问英国（当时印度人对于远洋旅行尚带有强烈的禁忌），他与诸多英国名流以及维多利亚女王都建立了联系。德瓦尔卡纳特所取得的"进步"可不仅限于商业，他还参与创建了加尔各答的诸多主要机构：印度学院（后来成为孟加拉地区英式教育的中心），加尔各答医学院，国家图书馆，印度农业及园艺协会，印度慈善会，等等。

德瓦尔卡纳特是罗姆莫罕·罗易（Rammohan Roy，1772—1833）的朋友，后者是印度宗教改革和社会改革的先驱。尽管德瓦尔卡纳特本人的宗教生活甚为传统，他还是不顾正统人士攻讦，赞助由罗姆莫罕创立的宗教改革团体"梵社"（Brahmo Sabha，后改称 Brahmo Samaj）。

十九世纪的孟加拉宗教改革浪潮汹涌，深深吸引着德瓦尔卡纳特的长子迪本德拉纳特。迪本德拉纳特不赞同他父亲的世俗化倾向，有时会因此与其发生冲突，但他对"改良"——如以一种更为朴素的维多利亚式方式理解这个词——的关切程度丝毫不亚于他父亲。德瓦尔卡纳特死后，家族生意分崩离析，迪本德拉纳特背负了须省吃俭用许多年才能还清的巨额债务；但是他和他的两个弟弟获赠的地产仍足以使他们建立起一个富庶的大家族，他们拥有加尔各答北部的一座巨大宅院，泰戈尔正是出生在那里。这个家族始终坚信，财富和影响力应被用于增进社会福祉、促进文化繁荣的事业。

德瓦尔卡纳特曾经"动"过，为了追求物质享受和公共福祉；迪本德拉纳特也在"动"，为了追求内在的自我实现和使命感。拉宾德拉纳特——他是迪本德拉纳特十五个孩子中的第十四个——同样在"动"，以一种不同于他父亲和祖父的方式。但他也从二人身上继承了某些东西：从父亲那里，他继承了对精神生活的渴求，以及增进世界良善的欲望；从祖父那里，他则继承到了对于生活的巨大热情。

以下是泰戈尔在其漫长一生中的一些"动"的方式。

他在宗教中"动",远离清教式的梵社教堂(由他父亲依循罗姆莫罕·罗易设定的路线建立),也远离十九世纪末风行一时的印度教复兴主义。梵社主义①和印度教复兴主义都无法撼动泰戈尔:他父亲曾一度让他担任阿迪梵社②的秘书,他为梵社创作了许多歌曲;而他在圣迪尼克坦③完成的最初一桩事业——一所仿效古印度森林隐修地建立的寄宿制隐修学校——则具有鲜明的复兴主义特征。但他同时抛弃了上述两种宗教,转向另外一种宗教态度。这种宗教态度部分来自于他对中世纪孟加拉毗湿奴教派④的信仰,部分渊源于奥义书中的诗歌,而大部分则应归功于泰戈尔对自身创造力(这种创造力对应于宇宙整体的创造力)的感受。他将这种宗教称为"人的宗教",但"诗人的宗教"——这是其《创造性统一体》(*Creative Unity*, 1922)系列演讲第一讲的标题——这个名称可能会更为确切一些,因为这一宗教无法与他的艺术理论和实践分割开来。

泰戈尔在社会、教育和政治理念中"动"。他的父亲在除宗教改革以外的场合表现得甚为保守,无意撼动那些已获得合法性、体面或荣誉的体制,而泰戈尔却总是与业已僵化的社会结构相抗衡。他与学校对抗,以至于从他十四岁起,在多次更换学校之后,他的家人终至绝望,将他交由家庭教师管束了事。当他在圣迪尼克坦创建自己的学校时,尽管经历了诸多变故和妥协,他仍然致力于打破传统教育的束缚,全面地

---

① 梵社主义(Brahmoism):指梵社的教义和实践。
② 阿迪梵社(Adi Brahmo Samaj):印度第一座梵社教堂,1830年创建于加尔各答。泰戈尔的祖父和父亲都曾主持过这个教堂。
③ 圣迪尼克坦(Santiniketan):印度西孟加拉邦的一个小镇,泰戈尔于1921年在此创办了印度国际大学。
④ 孟加拉毗湿奴教派(Bengali Vaiṣṇavism):印度教中最大的教派,以"维护之神"毗湿奴为主神。

发展一个孩子的人格，而非让其仅仅学会应付考试和职业。他与英国人建立的整个教育体系对抗，有意不将自己的儿子拉辛德拉纳特送入牛津、剑桥或律师学院，而是把他送到伊利诺伊大学去学农业，随后又建立了一所归自己所有、完全不受英国资助监管的大学。在其诗歌、故事、小说、戏剧和随笔中，他从未停止过对一切形式的偏见——对于女性、非印度教徒或外国人（包括英国人）的偏见——进行抨击。在政治观念上，他走得更远，以至于那些民族主义者时常因他拒绝成为一个沙文主义者而恼怒；他甚至与甘地也多有龃龉，后者的非暴力不合作运动中存在着对非理性的滥用，泰戈尔对此深感忧心。他认为，如果不先在内部完成社会和文化重建，则国家的独立将毫无意义可言；他害怕看到一个带有民族主义、军国主义及帝国主义特征的印度，这些特征正是他在西方国家演讲时所谴责的。那种近乎无情的对于新的解决方案、新的人类发展模式的探寻有时会让他误入歧途：他曾被墨索里尼误导，而到了一九三〇年，在关于斯大林主义苏联的报告中，他尽管并未如有些人所谴责的那样大唱赞歌，却也不曾意识到他所推崇的那些教育、社会进步建立在何其巨大的代价之上。但他从未停止探寻、思考和质疑：对于人类的信仰要求他这么做。

  他的"动"不仅仅是心智层面的，也不限于他在圣迪尼克坦所做的试验。一九一二年，他第三次访问英国，随后《吉檀迦利》英文版出版，他获得一九一三年度的诺贝尔文学奖，一夜之间赢得世界性声誉——在这之后，他开始进行物理意义上的持续移动，周游全印度，继而周游全世界，我们可以看到这些旅行的数量之多（均是海路和陆路旅行，唯一的例外是一九三二年的最后一次旅行，他去了伊拉克和伊朗，乘坐的是飞机）。旅行的目的是为他的大学募集资金，同时，泰戈尔也想针对这个世界及其未来说一些他认为重要的话。这些旅行令人疲惫，并且时常让他到达精神崩溃的边缘——但其体内的那种不安分促使他坚持下来。

这种不安分始终存在于泰戈尔体内。他于一八八三年结婚，但不论是婚前还是婚后，他都频繁更换住所；在他晚年，当糟糕的健康状况使他无法继续旅行时，他开始改造位于圣迪尼克坦的寓所，甚至还在自己名为"乌塔拉衍"①的大屋旁建起了一座完全用泥巴制成的小屋（因为草顶房屋容易发生火灾，泰戈尔对此有些担心）。

不论在生活还是在自己的艺术里，泰戈尔都是一个永恒的创新者。他在自己的诗歌里持续创造新的形式和风格：他给孟加拉声乐带去了根本性的变化；他将戏剧、歌剧和芭蕾舞这些新奇的事物引介给自己的同胞；他在自己的随笔中探索从童谣到科学的各种主题；而从一九二八年起，他开始大量作画，并逐渐形成了自己独特的绘画风格。尤为重要的是，他大规模地拓展及改变了孟加拉的语言。就这一点，我们可以说，众多前辈作家们的辛勤努力在泰戈尔这里终于结出了果实。十九、二十世纪孟加拉的发展历程同样也是其语言的发展历程。一八〇〇年时，孟加拉事实上没有散文，诗歌也仅限于宗教题材，且只有两种单调的格律。但到了一九〇〇年，在罗姆莫罕·罗易和伊斯瓦尔·钱德拉·维迪耶萨伽尔（1820—1891）②的随笔之后，在米格尔·马德哈苏丹·德特（1824—1873）③的史诗之后，在迪纳班度·米特拉（1829—1874）④的戏剧之后，在班吉姆钱德拉·查特吉

---

① Uttarāyan，可意译为"北游"。
② 伊斯瓦尔钱德拉·维迪耶萨伽尔（Isvarchandra Vidyasagar），印度哲学家、教育家、翻译家、出版家、企业家，"孟加拉文艺复兴"时期的核心人物之一，曾主持简化孟加拉文字母。
③ 米格尔·马德哈苏丹·德特（Michael Madhusudan Datta），印度诗人、戏剧家，最知名的作品是悲剧史诗《梅格纳德之死》(Meghnad Badh Kavya)。
④ 迪纳班度·米特拉（Dinabandhu Mitra），印度戏剧家，代表作为戏剧《尼尔·达潘》(Nil Darpan)。

(1838—1894)① 的小说和比哈里拉尔·查克拉瓦尔蒂（1834—1894）② 的抒情诗之后，我们有了拉宾德拉纳特·泰戈尔，他的全部作品多达二十九卷，涵盖了几乎所有的文学体裁。泰戈尔站在了上述作家们业已取得的成就之上，但他已走得更远：他更为深入地挖掘梵文（当他想要一些更为丰富复杂的措辞时），用功之深甚至尤胜马德哈苏丹；他比班吉姆更进一步，使得散文更为贴近日常交流；他创造了一系列的抒情诗格律和诗歌样式，对于在他之前任何一位操用任意一种现代印度语言的作家而言，这都是无法想象的。他并非独自一人，在他一生中，有许多其他的天才人物涌现出来，但没有人可以无视他的存在。他所取得的成就业已成为一笔沉重的遗产，如今的继承者们距离这笔遗产尚嫌太近，以至无法看清它，也无法恰切地评价它。

"他亦不动"

泰戈尔是个真正意义上的激进分子，他总是试图对事物刨根问底，但他体内的传统主义血统将他与其他孟加拉人群体分隔开来；对后者而言，"激进"这个词可能会更为适用。对于恐怖主义，他无能为力：在《我的回忆》(*My Reminiscences*) 一书中，他饶有兴致地回忆起了自己有一次尝试参与政治颠覆运动的经历——那是一个名为"桑吉瓦尼·萨巴"的短命秘密团体，是他的大哥尤提林德拉纳特于一八七六年创立的。在十九世纪的孟加拉，还存在着另一股让泰戈尔感到陌生的非常重要的潮流——这股潮流源于十九世纪二十年代晚期，由聚集在亨利·路

---

① 班吉姆钱德拉·查特吉（Bankimchandra Chatterji），印度作家、诗人和记者，一生写下了十三部小说作品。
② 比哈里拉尔·查克拉瓦尔蒂（Biharilal Chakravarti），印度浪漫主义诗人，泰戈尔少年时期的文学偶像。

易·微微安·代罗吉奥（Henry Louis Vivian Derozio，1809—1831）身边的激进学生团体发起。代罗吉奥是当时印度学院里一位富于领袖魅力的年轻教师，他是个欧亚混血儿。从他在加尔各答的师承来看，代罗吉奥的思想可以追溯到苏格兰启蒙运动时代，追溯到休谟、里德①以及杜格尔德·斯图尔特②这些人那里。他可能不像一些民族主义历史学家所期望的那样富于革命性：可以肯定的是，他于一八三一年被印度学院很不公平地解雇了。他的学生们随后转向不同方向——一个转向基督教会（克里希那莫罕·本那吉），一个转向新闻和讽刺小说写作（皮亚里昌德·米特拉），一个转向梵社主义（拉姆塔努·拉希里）。但是代罗吉奥身后留下了一笔重要遗产：自由思想、不可知论和实用主义——时至今日，在掌握着西孟加拉的那些社会主义政治家身上，我们仍可看到这些遗产的痕迹。泰戈尔出生之时，代罗吉奥创立的团体"青年孟加拉"业已发展壮大，而印度学院也已被纳入政府教育体系之中。但泰戈尔的秉性与该团体中人差别极大，后者做出过一些臭名昭著的逾越行为——他们有意通过吃牛肉来打击正统观念，他们蔑视传教，他们嗜酒。泰戈尔在二十岁出头时确实是个花花公子，作为一个唯美主义者，他的穿着举止曾引来一些人的嘲笑。他在日记中写到了自己于一八七八年首次访问英国时的场景：布莱顿的舞会和音乐之夜，还有与他在伦敦的监护人斯科特夫妇的女儿们的轻浮调笑。这足以证明这个留灰白胡子、穿长袍的诗人也曾年轻过。然而，参加饮酒派对，或者违抗包办婚姻（像他那位伟大的前辈、史诗诗人米格尔·马德哈苏丹·德特一样）？想都别想。严肃和传统主义是泰戈尔从童年时代起就已具有的品性。

---

① 托马斯·里德（Thomas Reid，1710—1796），英国哲学家，苏格兰学派创始人。
② 杜格尔德·斯图尔特（Dugald Stewart，1753—1828），苏格兰哲学家。

这种传统主义有时会扩展到那些传统得令人吃惊的事情之上。泰戈尔自己迎娶了一位年仅十岁、几乎目不识丁的女子，后者所在家族和泰戈尔家族属同一种姓（泰戈尔家族属婆罗门，但被贬称为"阿里师傅婆罗门"，他们历史上据说是因为闻过——甚至都不是吃过——穆斯林食物而被剥夺正统婆罗门地位的）；到了一九〇一年，他依循旧例，将自己的两个女儿贝拉和拉妮（分别年仅十四岁、十二岁）嫁了出去。迪本德拉纳特同样循例参加了婆罗门的圣线授予仪式；泰戈尔本人在十一岁时参加了这一仪式，所以他的儿子们也理应参加这一仪式。但是一般而言，婆罗门教是反正统的，泰戈尔所秉持的核心文化传统其实应追溯到拉姆莫罕·罗易那里。他在二十多岁时便脱离了婆罗门教会，所以将其描述为一个"婆罗门作家"无疑大错特错。终其一生，泰戈尔都忠实于拉姆莫罕·罗易及其留下的遗产。他多次写到过后者：最后一次提及他是在一九四一年初，在圣迪尼克坦的寺庙里。当时的泰戈尔已经虚弱到无法自己朗读演讲稿的地步，他只能请人代读了那篇关于伟大的"现代印度之父"的讲稿。在一九二五年写的一篇有关"纺车崇拜"的重要随笔中，他批评了甘地的纺织崇拜①，而当甘地说拉姆莫罕·罗易与印度历史上的那些伟人相比不过是"一个小矮人"时，他予以严辞反驳。

泰戈尔终其一生都遵循着拉姆莫罕·罗易的思想路线，这种遵循体现在：对偶像崇拜以及外在化、仪式化的宗教的蔑视；相信印度教的真理存在于奥义书的吠檀多哲学里，且只接受唯一一个真神；试图将世上的所有宗教汇集一处，并抽绎出它们所共享的核心意义。泰戈尔的理性主义（深刻且始终贯穿于他的诗歌狂热之中）来自于拉姆莫罕，后者激发了他对狭隘、不公和暴行的憎恶，也激发了他对科学的终生兴趣。一

---

① 甘地在非暴力不合作运动期间发起"手纺车运动"，号召印度民众手工纺纱，以抵制英国商品输入。泰戈尔于1925年9月发表题为《纺车崇拜》(*The Cult of the Charka*) 的文章，对甘地的做法提出异议。

些历史学家将拉姆莫罕·罗易思想等同于东印度公司直至一八三五年仍在施行的东方教育政策①，正是该政策推动了威廉堡学院（东方教育政策建基于十八世纪末启蒙运动、尤其是东方学先驱威廉·琼斯爵士的相关研究，故而以后者的名字命名该学院）的东方研究。但事实是，拉姆莫罕相信印度需要西方科学和教育——他于一八二三年给总督阿美士德伯爵写了一封著名的信，谴责政府在加尔各答建立一座梵学院的计划。从他的世界主义观点出发，拉姆莫罕相信，印度不但要从自身的文明遗产中学习，也必须向西方学习。我们由此可以发现，他真正的思想来源是启蒙运动，而他对泰戈尔所施加的影响的实质也正在于此。

拉姆莫罕与印度、美国和英国的唯一神教②建立了联系——和泰戈尔祖父德瓦尔卡纳特一样，他也是在英国去世的，于一八三三年死在布里斯托尔。而当泰戈尔于一九一二年至一九一三年首度访问美国时，他和儿子拉辛德拉纳特住在伊利诺伊州的厄巴纳，当时正是一位唯一神教牧师邀请泰戈尔在唯一神教教堂里做了他随后在哈佛大学做的那些演讲，这些演讲在一九一三年被结集为《人生的亲证》（孟加拉语：*Sādhanā*，英语：*The Realization of Life*）一书出版。如果不将"唯一神教"这个词局限于某一特定领域的话，它会是一个有用的词汇，我们可以用它来指称泰戈尔身上那种和本文第一部分所描述的"进步"相反的倾向：如果说泰戈尔的生命是一个持续进步、持续向前的过程的话，它同样也是一个寻求统整性的过程。泰戈尔寻求一种稳定的信仰和道德原

---

① 东方教育政策（Oriental learning）：十九世纪之前，英国政府较少介入印度事务，印度的实际统治者为东印度公司，后者在教育问题上采取中立放任态度，仍因袭印度原有的教育体系，这一策略被称为"东方教育政策"。1858年，英王正式接管印度，此后东方教育不再被作为印度的政府政策，印度转而建立起一种基于英语教育的教育体系。

② 唯一神教（Unitarianism）：新教的一个分支，其教义强调只存在唯一的上帝，不相信圣父、圣子、圣灵三位一体的教义。

则,以便让自己所做的一切具有意义和秩序。

这种"唯一神教"倾向催生了两种互为补充的取向。一方面,在泰戈尔那里存在着融合主义倾向,基于对万物表象之下的和谐的深层体验,他相信人与世界的统一。正是这一点,促使泰戈尔在获得诺贝尔文学奖、赢得世界性声誉后自觉扮演起了救世主的角色:一九一六年在日本发表反对民族主义的挑衅式演讲;一九二四年很不讨喜地试图在动荡的中国宣扬泛亚主义;与罗曼·罗兰和爱因斯坦交好(与罗曼·罗兰的交往始于一九一九年,当时罗兰邀请泰戈尔作为其《精神独立宣言》的签名者之一);尝试创建了一所不仅能将印度的不同文化和语言汇聚一处、而且能将全世界的学者和知识汇聚一处的全球性大学,即后来的印度国际大学。这种唯一神教倾向可直接追溯到拉姆莫罕·罗易那里,它也正是泰戈尔其人留给西方的最持久的记忆——这种记忆如今稍有褪色,且也不一定一直对他有利,因为这个世界不是很乐意忍受理想主义者。但是,在这种唯一神教倾向之中还有另一个取向,在这一取向上,泰戈尔和拉姆莫罕极为不同。

拉姆莫罕的"唯一神"是一种抽象物,是吠檀多中纯粹的、非人格化的婆罗门。拉姆莫罕本人生性平实,分析能力强于想象力。然而,泰戈尔的宗教却是一个诗人的宗教:神与其所创造之物的统一体是一个具有创造性人格的统一体,它在泰戈尔那里显现为一个人格化的"造物主"(jīban-debatā),一个生命之神;正如神统治并洞悉这个变化无穷的宇宙中的方方面面并使其处于和谐状态一样,这个造物主统驭、洞悉泰戈尔多种多样的创造性活动,并使它们处于和谐状态。人类层面的人格化只能通过具体的时空场域,通过此人所直接从属的文化、语言和土地来实现。拉姆莫罕生而为孟加拉人,但他身上没有什么专属于孟加拉人的东西(尽管他是孟加拉口语化散文的先驱),然而,泰戈尔却是一个与其孟加拉人背景不可分割的人物。这是西方人阅读泰戈尔时的基本麻烦所在：他们所获得的是普世信息，因为这些信息在抵达他们之前即已与泰戈尔的背景相分离，已变得枯燥乏味、了无生气。他们看到的是一个印度人，一个世界人，而非一个孟加拉人。他们借助英语而非诗人的母语来阅读他的诗歌，然而英语——因其全球通用性而持续受到腐蚀——已沦为一种缺乏活力的语言。

泰戈尔扎根于孟加拉。他在全世界旅行，但没有任何风景能比他所挚爱的圣迪尼克坦那平坦干燥的平原更能让他感动。在他三十多岁时，东孟加拉的河流曾给予他许多诗歌灵感；然而更为干燥的西孟加拉才是他视为故乡的地方，那里的天空寥廓，大地疏朗。即便是喜马拉雅——对泰戈尔的父亲而言非常重要的地方，他曾在泰戈尔十一岁时带他去过那里——对泰戈尔来说也并无太多意义。他属于那片土地、那些花朵与树木，他属于那些飞鸟，他属于那些人——他对西孟加拉人的关心是真诚而非浪漫化的，因而他将自己在圣迪尼克坦的教育实验和在邻村斯林尼克坦的农业实验结合在了一起。他也属于那里的音乐，他创作的两千首歌曲无可估量地丰富了西孟加拉音乐；最重要的是，他属于孟加拉语。在其一生中的某个特定时期，他是可以转用英语写作的，但他却从未离开过孟加拉语。他坚持认为孟加拉语应该被作为孟加拉学校的授课语言，并就此话题撰写了多篇随笔和演讲稿。当他于一九三七年二月受邀在加尔各答大学做毕业演讲时，他用的是孟加拉语，这创造了历史。早在一八九五年，他就在孟加拉省议会表达过类似主张，当时他建议境内所有商业活动均使用孟加拉语，此建议未获批准。他对孟加拉语的关切远远超出了其文学用途。就在去世前不久，他还撰写了一部关于孟加拉语的实用专著《孟加拉语入门》(*bāṅglā-bhāṣā paricay*, 1938)；一八九四年孟加拉文学院成立时，他还为其提供了一份科技术语列表。

孟加拉语是泰戈尔所有写作中的基础性整合因素，将他与无数次旅行中的一时一地捆绑在一起。西方读者面临的困难在于：即使是在阅读从法语、意大利语、德语甚或俄语翻译过来的文字时，我们也有能力将其与我们对源语言的预想联系起来，这种联系可能模糊不清，但却真实存在，而对于现代印度语言，我们无能为力。梵语在经过西方学术界两个世纪的研究后，已至少能被一些西方人所了解，但现代印度语言却仍处于未被外来人士学习和研究的状态。在英国统治孟加拉早期，曾有一些热情的学习者。浸礼会牧师威廉·卡里在如今的孟加拉备受尊崇，因为他写了一部开拓性的作品：他和他在塞兰坡、威廉堡学院的同事们是第一批孟加拉语散文作家。但在一八五八年英王正式接管印度后，东方教育不再被作为印度的政府政策，印度转而建立起一种基于英语的科层体制和教育体系；此后，在日常操用之外，便很少有人研习孟加拉语了，更少有人将其运用于文学创作。

我们可以列举出孟加拉语的一些特点：声音韵律丰富，这已被泰戈尔运用到极致；具有经济实用且有规律的变音系统；有大量生动的拟声词（非梵语样式，有可能非常古老）；它在词汇上的折衷主义——对于波斯语单词经常会给出一个对应的梵语单词，如同英语里我们可以在一个拉丁语单词与一对应的盎格鲁-撒克逊单词之间做选择一样；它可以自由调用丰富的梵语资源来充实自己的词汇；它还具有微妙且富于创造力的综合性口头表达。当然，孟加拉语也会有一些缺陷：一些孟加拉语散文失之繁冗，词汇上过于梵语化，句法上受英语影响过大；诗歌的押韵也过于简单和随意。可说这些又有什么用呢？从外国人的视角来看，在对泰戈尔的写作进行终极分析时，我们不应脱离其原初语言，然而，孟加拉语是一种许多外国人永远不可能去学习的语言。

"他远"

如果说翻译——尤其是诗歌翻译——终究是不可能的，那么它是否能为外国读者进入泰戈尔作品提供哪怕是很有限的助益呢？那些年里，由母语为孟加拉语的译者翻译的译本持续问世，有些翻译得很不错——希拉·查特吉翻译的泰戈尔的后期自由体诗集《飞鸟集》（1936）有可能是最好的诗歌译作；有些译本已在印度以外出版【特别是奥洛宾多·波塞的三部译作：《天鹅之旅》(*A Flight of Swans*)，约翰·穆莱出版社，1955；《春讯》(*The Herald of Spring*)，1957；《死之翼》(*Wings of Death*)，1960】。爱德华·汤普森①曾在他写的泰戈尔传记中花费很大篇幅来讲翻译问题，他也于一九二五年出版过一本小册子，收在他自己的"奥古斯坦诗歌丛书"里。另有一个选集主要收录短篇故事，于一九六五年在美国出版（《暖屋派对及其他小说选集》(*The Housewarming and Other Selected Writings*)，玛丽·拉戈、塔伦·古普塔、阿米亚·查克拉瓦提译，纹章经典出版社出版）。但这些译本无法取代泰戈尔自己翻译的版本所留下的印迹——这部译作名为《拉宾德拉纳特·泰戈尔诗歌戏剧选》(*Collected Poems and Plays of Rabindranath Tagore*)，麦克米兰出版社出版，首版于一九三六年，现在仍可见到。书中并未就所收作品的原作给出任何信息。这本书并不是那么有名，但它还是存留了下来，许多人至少都曾见过这本书；当得知泰戈尔主要以孟加拉语写作时，这些读者纷纷表示惊讶。

泰戈尔从事翻译始于一系列的意外。五十岁那年，他突然陷入身体和情绪的双重耗竭状态。他要不间断地进行文学创作，还要积极参与孟加拉的公共事务；他于一九〇一年在圣迪尼克坦创办了学校，还遭遇了一系列的丧亲之痛——他先后失去了妻子、次女、父亲以及幼子。所有这些都迫使泰戈尔面对自身，由此催生了孟加拉语诗集《吉檀迦利》

---

① 爱德华·汤普森（Edward Thompson，1886—1946），英国学者、小说家、历史学家和翻译家，曾与泰戈尔合作翻译其作品。

(1910)中那些质朴虔诚的诗句。我们必须记住这一点：这部西方人眼中的泰戈尔代表作正是诞生于他艺术生命的这一特定阶段，也正是这部作品为日后外国人对他的所有看法奠定了基调。为修复身体和心灵，泰戈尔计划去英国旅行（他此前已于一八七八年和一八九〇年去过英国两次，但当时并未引起轰动）。他需要接受治疗，另外他声称需要将自己的教育实验与外部世界联系起来。

一九一二年三月，就在即将起程时，泰戈尔突然患病以致无法成行。他前往位于北孟加拉的家族庄园"舍利达"进行疗养。在那里居留期间，由于身体虚弱到无法写作任何新作品，他便开始通过翻译《吉檀迦利》来调整自己的状态。五月份痊愈启程时，他在船上继续进行着这项翻译。抵达伦敦后，泰戈尔径直去了威廉·罗森斯坦[①]家，后者与泰戈尔相识于一九一〇年在印度举办的一次画展。罗森斯坦此前已读过由阿吉特·查克拉瓦提——圣迪尼克坦的一名老师——翻译的一些泰戈尔诗歌，大受感动，他希望能读到更多，泰戈尔便把自己写满了译文的笔记本拿给他看，后者随后把它们交到了叶芝的手上。一九一二年七月七日，在罗森斯坦位于汉普斯特德的家中举行的一次聚会上，叶芝朗诵了这些诗歌，当时在场者还包括艾兹拉·庞德、厄奈斯特·莱斯（写过一本关于泰戈尔的书，出版于一九一五年）、爱丽丝·梅内尔[②]、阿瑟·福克斯·斯特兰韦斯（他在泰戈尔与麦克米兰谈出版合同过程中扮演过重要角色，维护了泰戈尔的利益）和查尔斯·福瑞尔·安德鲁斯（后成为泰戈尔在圣迪尼克坦最为忠实的助手）。这些非同寻常之事很快便汇合成了一股不可阻挡的势头：当年年底，印度协会版《吉檀迦利》出版，

[①] 威廉·罗森斯坦（William Rothenstein, 1872—1945），英国画家、演说家和作家，与泰戈尔往来密切，后者将自己的代表作《吉檀迦利》题献给了他。
[②] 爱丽丝·梅内尔（Alice Meynell, 1847—1922），英国女作家，编辑，文学评论家。

收获众多好评，紧随其后，麦克米兰版也出版亮相。这股突如其来的文学狂潮力量如此强大，强大到足以让托马斯·斯特奇·穆尔①将泰戈尔的名字成功推荐给一九一三年度的诺贝尔文学奖评选委员会。

泰戈尔在英国广受欢迎，但这一态势并未持续很久：他于一九一六年发表的关于民族主义的演讲触怒了一战中的英国人，而他在一九一九年"阿姆利则惨案"②发生后退还自己此前被授予的英国骑士勋章的行为则彻底葬送了他在英国的名声。这些举动在美国——英国的盟友——那里同样触怒了一些人，因此他于一九二○年第二次访美时便遭受了冷遇。泰戈尔最令人惊讶的成功发生在欧洲，在他于一九二一年、一九二六年和一九三○年三度访问欧洲的时候。这一现象，尤其是泰戈尔在德国受到的那种近乎歇斯底里的欢迎，可能有其历史原因，然而没有人有能力对此进行客观的评估，因为泰戈尔的名声和个人魅力在此之前即已确立。泰戈尔在英国的风靡一时自此成谜，久远离奇得如同十八世纪六十年代传为莪相作品的伪译作所引起的狂热③。

泰戈尔的翻译算"伪译作"吗？翻译伊始，泰戈尔是忠实于原文的，第一部译作《吉檀迦利》是其中最优者。之后，由于创作压力，也由于部分作品的成功使他的自信心有些膨胀（晚年他开始以更具自嘲精神的态度看待这些作品，在一九三二年写给罗森斯坦的信中，他甚至表示后悔出版这些作品），他的翻译变得不准确起来，随意节译现象逐渐增多。短篇小说通常交由他人翻译，过于忙碌的泰戈尔甚少回头检视

---

① 托马斯·斯特奇·穆尔（Thomas Sturge Moore，1870—1944），英国诗人，叶芝的终身好友。
② 1919年4月13日，在印度旁遮普邦阿姆利则城发生了英属印度殖民政府军队屠杀印度人民的惨案，史称"阿姆利则惨案"。
③ 莪相（Ossian），是凯尔特神话中的古爱尔兰英雄人物，据说也是一位优秀的诗人。1760年，一些被认为是莪相作品"译作"的诗歌问世，引起英国文坛轰动，后来有人证明这些诗歌可能出自一位当代诗人麦克菲森之手。

那些译文。就不忠实原文的程度而言，他的戏剧译本达到顶点（二十九页篇幅的英文版《牺牲》形式混乱、不堪卒读，但其孟加拉语原作却是一部精彩有力、野心勃勃的五幕戏剧）。且不论那些次要作品，即便是《吉檀迦利》都无法经受时间的考验——自这个令人敬畏的长髯长袍高个诗人离世后，这部作品便不太能支撑起他的一世声名。倒不是因为翻译不准确问题——总体而论，《吉檀迦利》的翻译相当精准；也不是因为《吉檀迦利》这样的作品在泰戈尔的五十多部诗歌集中纯属凤毛麟角（在今天，一个真正好的译本是可以重振泰戈尔的名声的，哪怕只有一部作品）；也并非因为这部作品代表的是泰戈尔的宗教倾向而非人道主义倾向（对二者进行区分是一种错误行为）；甚至都不是因为这部作品的翻译语言业已过时。其中最为根本的原因其实很简单，却只有艾兹拉·庞德在他一九一三年发表于《双周评论》《新自由女性》的泰戈尔评论里触及了这一点，那就是：泰戈尔选择翻译的大部分作品其实是歌曲的歌词，而在歌曲中，歌词是和旋律紧密结合在一起的。我将在本导读下一节中详细讨论这个问题。这里我只简单说一句：我不认为歌曲可以被翻译。在一九二二年的演讲《创造性统一体》中，泰戈尔亦曾说过，一首没有旋律的歌曲犹如一只被摘除了翅膀的蝴蝶；也正因此，我们才会在《我的回忆》中读到他在将自己写的歌词付诸出版这件事情上的不情愿态度。

尽管泰戈尔去世不过四十年，但对于孟加拉之外的世界而言，他距离现在的我们显得很遥远。这种遥远，一方面是因为，他在西方的突然成功仰赖于一系列很难对其进行界定的特殊因素；另一方面是因为，他自己的翻译并未能使我们更进一步了解他那些富于创造力的作品。他所宣扬的理想也很遥远，尽管较之当日，这些理想在今天早已不再遥远。在一些清醒时刻，比如在其关于民族主义的第二个演讲行将结束时，他知道自己的声音太过微弱，太过脆弱，以致会被批评为"幼稚"和"不切实际",因为对于那个他担心会走向自毁道路的现代文明(尽管他在广岛悲剧发生前即已去世)而言,他的声音并不能起到什么作用。

尽管泰戈尔深深介入到孟加拉的生活和文化之中,理想主义还是使他和自己的同胞相去甚远。他的高傲和拒绝妥协,使得他最终与印度民族主义斗争渐行渐远——尽管甘地和尼赫鲁最后都对他表达了谢意。甘地称他为"伟大的卫士"、南亚次大陆的良心,尼赫鲁(在其写给泰戈尔传记作者克里希那·克里帕拉尼的信中)则将他与甘地一道赞誉为此前二十五年里世界上最为杰出的人物。这种高傲,包括在面对常人难以承受的丧亲之痛时所表现出的深沉的斯多噶主义态度,是泰戈尔从父亲德本德拉纳特那里继承到的又一笔遗产。德本德拉纳特是一位著名的"马赫希",即大先知,泰戈尔虽深具宗教情感,却对父亲的这重身份并无兴趣;因为在泰戈尔的所有创作、尤其是歌曲中涌动着的,并非自我实现以及潜修者或先知的启迪,而是一股热切的渴望,一种理想总是无法企及之感。这些感知会给他带来喜悦(尤其是源自自然和孩子们的喜悦),但不能给他带来那种宗教狂热分子、那种"找到真理"之人的自我满足感。更多时候,理想主义给他带来的是悲伤,因为他意识到自己的大部分努力终将化为乌有;在圣迪尼克坦,在他所深爱的学校和大学中,众所周知,泰戈尔曾试图飞离一个真相(见于其《人格》系列演讲的第三讲),那就是:所有的人类建制,譬如王国和民族国家,都将如梦幻泡影般消散风中。

"他亦近"

在本导读中,我有意和自己所引用的材料保持距离,但泰戈尔在《民族主义》系列演讲(1916)第二讲所说的那段有力的结束语却值得全文引用：

> 我知道我的声音太微弱，不能高出现今这个纷乱时代的喧嚣，任何一个街头玩童都很容易给我取个"空想家"的绰号。它将粘在我的上衣后摆上，永远无法洗掉，这样可以使所有值得尊敬的人们根本不去考虑我的意见。我知道在荣誉失去尊严和先知者成为一种时代错误时，在淹没一切声音的声音就是市场的喧哗时，一个人在一群身强力壮的竞技者当中被称为理想主义者是多么危险。然而，有一天我站在横滨市郊的时候，我撇开它那五花八门的现代市容，注视着你们南面海上的落日，感受松林覆盖的群山中的静谧和庄严。同时雄伟的富士山在金色的地平线上逐渐显得暗淡，就像被自己的光辉衬托得暗淡的上帝一样——通过傍晚的寂静，涌出永恒的音乐，我感到天空和大地与黎明和黄昏的抒情作品是属于诗人和理想家的，而不是属于那些粗暴地轻视感情的市侩。人类在忘记自己的神圣之后，将重新记起上天经常与人类的世界保持接触，决不能把人类世界放弃给现代这些厉声号叫、酷嗜人血的豺狼。①

这段话极具代表性，其中包含着泰戈尔的理想主义激情和尊严，他对于人类罪恶的恐惧，他在一个事实上由专业人士操控的世界里所感受到的疏离与孤独，以及一种深刻的与精神世界的贴近感：一切尽在其中矣。对泰戈尔而言，精神现实从来都不是只有内行人才懂的、局限于某种神秘文献或习俗或教堂或区域的东西。它在世界上、在经验中永远都可以被即刻感知到：在自然之美中，在人类之爱中，在孩子们中间。泰戈

---

① 引自《民族主义》，泰戈尔著，谭仁侠译，北京：商务印书馆，1986年，第50页。

尔是一个浪漫主义者——在收录于《新生》(1940)的一首后期诗歌中，他不乏自我贬抑地承认自己是一个顽固的浪漫主义者；但如果一个人从不曾触及过泰戈尔所定义的"浪漫主义"的话，这个人就几乎不能视之为人类了。泰戈尔的浪漫主义和宗教感知在其创作的歌曲中表现得最为深刻：宇宙的本质和谐和美感（尽管他对科学极感兴趣，但这种和谐和美感却不可能经由科学描绘出来）可通过音乐得到最好的传达。理解这一点至关重要。这解释了泰戈尔为何要尝试（错误的尝试，他后来肯定意识到了这一点）翻译他的歌曲，或者说，那些更接近他的歌曲的诗歌。他觉得自己最伟大的禀赋是在音乐方面，而这也正是他应该传递到外部世界的东西。

　　泰戈尔的自我评价是正确的，我对此毫无异议。尽管他的散文雄心勃勃而又机智，戏剧大胆而富于原创性，诗歌变化繁复极富创造力，泰戈尔的天赋还是最为自然和准确无误地体现在他的歌曲中。他时常说，即使他的所有其他作品都被遗忘，人们也将会记得他的歌；这一说法毫无疑问是正确的，在今天的孟加拉，最为人所知的的确是他的歌曲。这些歌曲并不总是被忠实地演绎，歌手们也并不总是了解隐藏在这些歌曲背后的思想和感受，但人们爱这些歌曲。正是在他的歌曲里，泰戈尔与自己的同胞和文化贴得最近。这些歌曲吸引了许多不同社会群体的人，作为对自然风光、四季、神圣感、爱之理想以及一种有别于沙文主义的爱国主义的回应，这些歌曲在日益增长的城市人群中始终备受喜爱。那个在一九〇五年以其歌曲召集群众集会反对寇松[①]分裂孟加拉的泰戈尔已经不复存在，一九三二年甘地在浦那监狱中的绝食抗议结束时，那个将《吉檀迦利》中的一首歌献唱给他的泰戈尔也已不复存在。他时不时

[①] 乔治·寇松（George Curzon，1859—1925），英国政治家，1898—1905年任英属印度总督，任内将孟加拉省一分为二。

参与公众生活，这些事如今想来可能会令人尴尬。但他的歌曲存活了下来，并以其天赋异禀超越了人们对他的理想主义和自我中心的怀疑态度，也超越了人们对他的失败作品的批评。

我已说过，我相信歌曲不可翻译。音乐是最能专属一人而又可以属于一种文化的艺术形式（除了英国人，还有谁可以读懂盎格鲁赞美诗呢），它可以跨越国界。我相信泰戈尔的歌曲也不是不可能受到印度之外的人的了解和喜爱（对于西方人而言，这些歌曲要远比那些我们不常听到的印度器乐容易理解），但它们必须被作为歌曲来认识。仅仅翻译歌词是不够的。

在《园丁集》中，收录有一首泰戈尔翻译的歌曲[①]：

> The tame bird was in a cage, the free bird was in the forest.
> They met when the time came, it was a decree of fate.
> The free bird cries, 'O my love, let us fly to the wood.'
> The cage bird whispers, 'Come hither, let us both live in the cage.'
> Says the free bird, 'Among bars, where is there room to spread one's wings?'
> 'Alas,' cries the cage bird, I should not know where to sit perched in the sky.'
>
> The free bird cries, 'My darling, sing the songs of the woodlands.'
> The cage bird says, 'Sit by my side, I'll teach you the speech of the learned.'
> The forest bird cries, 'No, ah no! Songs can never be taught.'

---

① 本诗为《园丁集》第六首，中译文采用冰心译文。

The cage bird says, 'Alas for me, I know not the songs of the woodlands.'

Their love is intense with longing, but they never can fly wing to wing.

Through the bars of the cage they look, and vain is their wish to know each other.

They flutter their wings in yearning, and sing, 'Come closer, my love!'

The free bird cries, 'It cannot be, I fear the closed doors of the cage.'

The cage bird whispers, 'Alas, my wings are powerless and dead.'

驯养的鸟在笼里，自由的鸟在林中。

时间到了，他们相会，这是命中注定的。

自由的鸟说："啊，我爱，让我们飞到林中去吧。"

笼中的鸟低声说："到这里来吧，让我俩都住在笼里。"

自由的鸟说："在栅栏中间，哪有展翅的余地呢？"

"可怜啊，"笼中的鸟说，"在天空中我不晓得到哪里去栖息。"

自由的鸟叫唤说："我的宝贝，唱起林野之歌吧。"

笼中的鸟说："坐在我旁边吧，我要教你说学者的语言。"

自由的鸟叫唤说："不，不！歌曲是不能传授的。"

笼中的鸟说："可怜的我啊，我不会唱林野之歌。"

他们的爱情因渴望而更加热烈，但是他们永不能比翼双飞。

他们隔栏相望，而他们相知的愿望是虚空的。

他们在依恋中振翼，唱道："靠近些吧，我爱！"

自由的鸟叫唤说："这是做不到的，我怕这笼子的紧闭的门。"

笼里的鸟低声说："我的翅翼是无力的，而且已经死去了。"

这首歌曲的译文并不令人满意：并非严重的不准确，但任何英语读者都会对"My darling"（我爱）、"the speech of the learned"（学者的语言）、"Alas for me"（可怜的我啊）这类表述有些忧心。英语读者不知道的是，这首歌曲也被漏译了整整一段，然而泰戈尔这么做并非是为了让自己的翻译更准确或更具风格。

我把这首歌曲的第一段改译如下：

There was a caged bird in a golden cage, there was a forest bird in the forest.

Somehow the two came together, there was something in the mind of Fate.

The forest bird says, 'Caged bird, friend, let us go off together to the forest.'

The caged bird says, 'Forest bird, come, let us stay alone in the cage.'

The forest bird says, 'No, I will not let myself be fettered.'

The caged bird says, 'Alas, how can I go outside into the forest?'

我可以修改译文，以使英文表达显得更为自然，并引入全音节或半音节。我也可以写一条长长的注释，将这首歌曲与所有泰戈尔诗歌中标志性的二元对立项联系在一起：天空与大地，自由与限制，无限与有限，不朽与必死，灵魂与自我，神与此世。但这么做于事无补。如果我们听过好的演唱的话（比如圣迪尼克坦的资深泰戈尔音乐歌手桑迪德夫·戈什的演唱），人们就会发现，歌曲的情绪、感受和真理都在旋律之中。这是一首精致的歌曲：它是以一种至为真实的方式进行表达的，而我们却无法对精神世界的"贴近"（两只鸟的被禁锢状态）与"疏离"（将它们分隔开的栅栏）进行界定。这首歌痴缠、柔软、慈悲、幽默而又微妙。对那些从属于泰戈尔所在文化的人而言，这首歌使泰戈尔具有了一种持久且予人慰藉的声音。

泰戈尔贴近自己的人民。如果没有了这些歌曲，如果将他挪离自己的土地和语言，他有可能贴近外国人吗？贴近方式可以被分列在三个主标题之下：浪漫主义，现代，人性。

英语诗歌对于泰戈尔和其他孟加拉现代诗人们的影响力可能被过分高估了：孟加拉评论家们自己便倾向于做此种强调，大概是因为他们在学习本国文学之前大都学习过英国文学的缘故。但毫无疑问，对英语诗歌的阅读和品评是十九世纪孟加拉文化中的重要印记。代罗吉奥——前面我曾提到过他——是模仿早期拜伦和托马斯·坎贝尔风格的一个好手；另一位后起而在印度学院拥有同等影响力的教师是 D. L. 理查森上尉，他是一位优秀的评论家，也是一个很棒的抒情诗人。理查森出版过许多部兼有随笔和诗歌的集子（一八三六年的《文学之夜》，一八四八年的《文学絮语》，一八五二年的《文学再创作》），他是当时加尔各答英国人群体中的文学领袖；在这个群体中，写诗长期以来都是一种流行的休闲方式。在他们的影响下，一些孟加拉人也开始写诗。在泰戈尔之前，最有名的孟加拉诗人是米格尔·马德哈苏丹·德特，他在写作生涯之初，是以英语写作的：他的诗《被囚女郎》（1849）受到拜伦和摩尔的影响；更为有趣的是，我们在他的其他诗歌里还可以看出其受到济慈的影响。泰戈尔开始写作之时，马德哈苏丹的英语诗歌写作已臻于成熟，因此他从未尝试英语诗歌写作（他只用英语写过一首诗《孩子》，写于他一九三〇年看过耶稣受难剧之后）。但泰戈尔少年时代确实接触过大量的英语诗歌。在十二岁时，他曾应一位老师的要求将《麦克白》译为孟加拉语。他的早期作品集《升号与降号》(1886)中收录有他翻译的雪莱、维克多·雨果、勃朗宁夫人、克里斯蒂娜·罗塞蒂、斯温伯恩、胡德、奥博利·德威尔、摩尔等人的作品。事实上，在泰戈尔还是一位年轻诗人时，他有时会被称为"孟加拉的雪莱"，因为人们有将孟加拉作家与英国作家类比的习惯（如马德哈苏丹被称为"孟加拉的弥尔顿"，班吉姆被称为"孟加拉的司各特"，此类事例还有很多）。随着时间推移，英语诗歌对泰戈尔的影响力逐渐减弱，但这颗种子却已然种下。对于英语读者来说，《在海角》这样的诗是异域风情和熟悉感觉的奇怪混合体，因为它兼有印度风格和济慈风格。英语诗歌之影响（主要为浪漫主义诗歌以及莎士比亚作品）是我们与一个半世纪以来的印度诗歌之间的连接点。

泰戈尔身上的受英语诗歌影响的印迹使爱德华·汤普森将他视为一个本质上的十九世纪诗人，丁尼生与斯温伯恩的同代人，而汤普森的译作也让泰戈尔看起来确乎如此。然而这一观点是错误的。尽管起步于十九世纪，泰戈尔却是一个现代主义者，他从未让诗歌脱离自己所生活的时代，他总是试图拓展自己的领域，打破文学陈规。这是他身上那个持续前进的面向，对此我已多有表述。

但泰戈尔和欧洲现代主义者之间存在着一个重要区别。乔伊斯、庞德、斯特拉文斯基、毕加索——他们都是以浪漫主义为基础，同时试图突破它；随后几代艺术家则完全切断了与浪漫主义的联系。泰戈尔却将浪漫主义完好无损地带入了现代世界，并将其作为自己的权杖和火炬。因而，对于二十世纪六十年代的新古典主义一代而言，他是一个可以引为同道的人物。他的教育理想，他的反物质主义倾向，他的女性主义，他的"灵魂即一切"的观点，对于我们这一代而言，是颇为亲切和熟悉的。就此而言，他离我们很近。

泰戈尔的理想主义将他一分为二：让他在浪漫、现代之余，也更富于人性。阅读泰戈尔，绝对不是坐在他脚边求取智慧。这正是他的同代仰慕者们所犯的错误。此举既对泰戈尔无益，又让仰慕者们反受愚弄，注定无法长久。阅读泰戈尔的正确方式是：看到他的信念的局限性，以及他的毕生努力的脆弱性。泰戈尔的整个写作生涯是一个趋向诚实的过程。他的晚期诗歌大多没有格律和韵脚，也不炫示技巧，阅读这些诗，不应将它们视为一个越来越倾向于启蒙、解脱和精神实现的过程。倘若如此阅读（将其作为智慧而非诗歌来读），这些诗将显得枯燥而缺乏活力。毋宁说，这些诗其实是赤裸裸的自我暴露。例如《康复第十四首》(*Recovery-14*)，是一首关于宠物狗的诗，泰戈尔在其中重申了自己的人之宗教——如果这样来读的话，这首诗中便全无信念可言，仅仅是一首盎格鲁赞美诗而已。事实上，我们应该体察到这首诗的隐含意义："我——一个脆弱而又无知的人类——来了，以下是作为我生活基础的一些信念和价值，你们可以接受它们，也可以抛弃它们，一切皆遂你意。"如果我们如此阅读这首诗，它就变得动人起来。它的智慧蕴含在无知当中。

泰戈尔的晚期诗歌越来越不像诗歌，越来越像是未经修饰的人声。为听懂这声音，我们需要了解说话者，然而这并不容易。有些泰戈尔的传记可读性颇强，但它们并未真正深入到他身上属人的那一面。有人会紧张不安，生怕自己踏入那一方净土后，会发现泰戈尔的致命弱点。但我毫无疑问地相信，我们对作为一个普通人的泰戈尔了解得越多，他的晚期诗歌所能告诉我们的东西也就会越发清晰。

鉴于我对泰戈尔的了解还不够充分，所以我无法翻译他生前出版的最后一本书《晚期作品》(*śeṣ lekhā*)，也无法就他的漫长一生、思想经历及书中的十五首短诗展开评论。有可能这些诗在任何情况下都是不可译的，只有在其自己的语言中，这些诗歌的声音才完全全属于它们自己。正是在最后这些诗歌带给我们的困惑、阻碍与不解中，泰戈尔和我们贴得最近，但语言又让他远离我们。

"他于一切之内"

泰戈尔不是其庞大家族里唯一的创作天才。迪本德拉纳特的长子德维杰德拉纳特是个古怪的天才。他模仿《仙后》创作过一首孟加拉语长诗，也是孟加拉语速记法的发明者（还为它写了一份诗体说明书！），还是一个颇有天赋的数学家。次子萨蒂安德拉纳特是一位学者，同时也是印度内政部的第一位印度裔成员，曾翻译过梵语经典和马拉地语诗歌。第五个儿子乔蒂林德拉纳特是一位在诸多领域（尤其是音乐方面）都颇有建树的艺术家，他比泰戈尔大十三岁，对后者的教育和发展影响极大（乔蒂林德拉纳特的妻子卡达姆巴里年纪仅比泰戈尔略大一些，二人关系相当亲密；卡达姆巴里在一八八三年泰戈尔婚后四个月自杀身亡，此后关于二人关系的各种揣测从未平息过）。这个家族够大且够有文化气息，足以为其成员提供文化食粮，泰戈尔最早期的一些创作便是用于家族圈子表演的音乐剧。例如有一部《天才跋弥①》(孟加拉语：*bālmīki pratibhā*，英语：*The Genius of Vālmīki*)，其部分旋律借用摩尔的《爱尔兰谣曲》，后者是泰戈尔于一八七八年至一八八〇年第一次访问英国时听到的。

这种业余戏剧精神伴随泰戈尔一生：他的后期戏剧、歌剧和芭蕾总是由圣迪尼克坦的师生首演（泰戈尔自己经常也会扮演一个角色），而不是在加尔各答的专业舞台上演出。我发现，在考察泰戈尔所使用的

---

① 印度的二十二种官方语言之一，使用者多为马哈拉施特拉邦境内的马拉地族人。

"人格"概念时，将这一概念与他的戏剧作品联系起来会是一种有用的做法。他的所有作品都被他自己的人格掌控和统一起来：他似乎是一部持续一生的复杂戏剧的创作者，正在呈现他所喜欢的不同演员、场景和舞蹈（他习得的不同创作体裁）。那是一部由他出品、由他创造的戏剧，他如同在一九三四年至一九三六年间芭蕾舞剧印度巡回演出时那样，端坐在正在进行演出的舞台上，注视着这一切，并不参与其中。在这一图景中我们发现了他的"造物主"概念中所包含的悖论：一方面，他的作品异常丰富多样，但另一方面，这些作品都是一部统一的戏剧的组成部分；一方面，他拥有自由的创造力，可以自由尝试新事物，但另一方面，有一个造物主、一个高于他自身人格的人格在他之外指引着他。"造物主"概念可以解释泰戈尔为什么既沉浸又出离于自己的作品。在他看来，这同一悖论存在于宇宙自身的中心；他的创造性人格不过是这个宇宙人格的微缩体而已，后者也同时投入和出离于自己的作品。泰戈尔自身艺术的多彩与丰饶不过是自然本身之丰饶的一种投射而已。

"他在一切之外"

一九三〇年八月二十四日，泰戈尔从日内瓦给威廉·罗森斯坦写信，后者从一九一二年起便是泰戈尔经常联系的对象。信中的自我嘲弄语气是泰戈尔的典型书信风格，但其中也含有一个极具启示意义的反题：

我亲爱的朋友：

面对那些不可避免之事，以优雅姿态缴械投降才是明智之举，因此我必须顺从地接受以下事实：你将不受打扰地创作你的画作，而我只能怀着绝望的希望，在这些将我囚禁的紧迫日子里寻找喘息之所,以逃离所有我必须履行的义务。当我身处欧洲之时,奢侈的闲暇便不再属于我——我命定要善待人类,并持续服务于一个事业。我体内那个作为艺术家的我总是逼自己试着不听话一点,试着服从本性,但做真正的自己需要极大的勇气。我又一次发现我不了解自己,也不敢和我的本性开玩笑。有鉴于此,我这个一无是处的艺术家很是需要一个满怀善意的朋友。

在德国,我的画作受到热烈欢迎,这实在大出我意料之外。其中五幅已被柏林国立美术馆永久收藏,另有其他几家艺术中心也已发来展览邀请。这和《吉檀迦利》出版后的情形形成了奇怪的类比——一切都突如其来,喧嚣不定,犹如暴风雨后的一场山洪。这场洪水突然而至,亦将突然消逝。

你永远的
拉宾德拉纳特·泰戈尔

在此导读中,我时常将自己所引《伊莎奥义书》诗中的那个"他"等同于泰戈尔本人,这一障眼法可能会使读者怀疑我对泰戈尔的个人态度,但这一做法与他的哲学或印度哲学传统并无冲突,因为印度哲学中也时常将神等同于人,将婆罗门等同于阿特曼(灵魂)。但在该诗的最后部分,圣贤的意图已然显露:上帝存在于他的造物之外,就此而论,对于他的那些造物而言,上帝是不可企及的。

我已经说过泰戈尔对于他的理想之"远"的理解,但这是与他对理想之"近"的理解密切相关的一种感觉,这种理想之"近"存在于真实的、可观可感的自然之美、人类之爱和孩子们中间。此刻我想到一些迥然不同的东西:一种自然与人类事实上存在于上帝之外、与上帝相分离的感觉;上帝的善、美与和谐可能和自然的自主过程无关,因而艺术家的创造力纯属不道德、任性、花哨、异想天开且不真实的东西;泰戈尔身上那个真正的本然的艺术家"不听话""一无是处",这是与那个理想主义者和道德家、那个"满怀善意之人"相分离的。我全文引用了上面那封信,因为正是在绘画中,泰戈尔身上那个不听话的艺术家终于不再受制于他身上同样强烈的道德冲动。这是他的绘画对许多人而言是一个谜的原因所在。那些绘画笔法随意,就技术而言相当业余——但这不是问题所在,泰戈尔自己曾在许多领域彰显了他的业余精神。令人困惑的毋宁说是那些画作里明显的戏谑,那些狂欢、怪诞和无意义之处。它们与《吉檀迦利》《人的宗教》的作者有何干系?即使是今天,尽管这些画作已受到许多专家的推崇,对那些泰戈尔的狂热崇拜者而言,它们依然是令人尴尬的。它们中的绝大部分——大约有三千件——现在依然被锁闭在拉宾德拉厅(位于圣迪尼克坦的泰戈尔博物馆及文献馆)的一间收藏室内。

那些在其绘画中获得最清晰、最自由表达的元素一直存在于泰戈尔身上,这足以解释他诗作里那些模棱两可的语调。泰戈尔的美之理想是模棱两可的:虚构的天国之城"阿拉卡"(出自迦梨陀娑作品,迦梨陀娑是泰戈尔最为崇拜的诗人),还有与其天各一方、受罚永生的爱人,它们俩无所孕育——这正是它们的完美之处,它们不具有人性,因而能出离于人类之外。造物主同样也是模棱两可的:它时常是超然的,出离于人类,对人类的感受和关切漠不关心——泰戈尔在无数歌曲中表达了被一个漠然的造物主拒之门外的苦楚。集万千之美于一身的自然似乎也是超然的:《大地》《在孔雀眼中》等诗展示了那种对人间事物漠不关心的自然过程。尤为重要的是,泰戈尔所提出的"khelā"概念——即宇宙的无尽嬉戏——也是模棱两可的:尽管"khelā"是快乐之源,且在孩童的嬉戏中向我们显现,它仍有其黑色的一面:作为必有一死的人类,我们永恒地受到诅咒,必须领受生活的空虚和无意义,必须忍受"māyā"(即幻觉和无知),必须被永远地切断与神之真实、理想、无限以及永生的联系。

如果自然和艺术的进程与神无关,那么我们可以将神从视线里挪开吗?我们可以将神性、和谐和统一作为虚构物予以删除吗?我不确定泰戈尔晚年是否曾思考过这些问题,因为当日的世界正深陷战火之中,但他的一些晚期作品似乎对上述思考有所暗示。当我于一九八二年春天在圣迪尼克坦结束《泰戈尔诗选》的翻译工作时,我选择以一首诗收尾——在这首诗中登场的是那个不听话的艺术家,而非那个理想主义者或者道德家。这是一首热情洋溢的诗,绝非那种罗列现实事物、毫无结构可言的作品,而是像许多现代艺术作品一样,试图突入一种更深层次的结构,我们的理性思维秩序正在其中趋于模糊。在这首诗里,语言放逐了自己,诗作冒险且令人敬畏地接受了意义或目的在宇宙中的完全缺失:尽管可能有律法或规则统治着自然或人类的心智,但它怀疑它们有可能可笑且任意得如同游戏规则一般;它同样怀疑,这整个惊人的结构都建基于无望的异想天开之上。这首诗已然接近其目标……但我认为它突然中断了。我们似乎被带到泰戈尔从未真正揭露过的一个深渊的边缘。他在自己的绘画中走得最远,但在写作中,他"做真正的自己"的尝试通常以失败告终。假如他成功,就不会有诗,也不会有歌曲了。尽管泰戈尔的艺术有时会受到他的道德、精神理想的阻碍,但若没有它们,他的艺术也将永不完美。没有爱,诗无以可能——我希望这会是这些诗歌所传达出的最为强烈的讯息。

(骆玉龙 译)

企鹅经典丛书书目

第一辑

长夜行	【法】塞利纳
大都会	【美】唐·德里罗
纪伯伦经典散文诗	【黎巴嫩】纪伯伦
磨坊文札	【法】都德
去吧,摩西	【美】福克纳
人间失格	【日】太宰治
苏菲的选择	【美】威廉·斯泰隆
丧钟为谁而鸣	【美】海明威
神曲	【意大利】但丁
人间天堂	【美】菲茨杰拉德

第二辑

我是猫	【日】夏目漱石
看不见的人	【美】拉尔夫·艾里森
流浪的星星	【法】勒克莱奇奥
微物之神	【印度】阿兰达蒂·洛伊
漂亮冤家	【美】菲茨杰拉德
玻璃球游戏	【德】赫尔曼·黑塞
绿房子	【秘鲁】马里奥·巴尔加斯·略萨
炼金术士及其他鬼故事	【英】蒙塔古·罗兹·詹姆斯
老虎!老虎!	【英】吉卜林
小王子	【法】圣埃克絮佩里

第三辑

契诃夫短篇小说选	【俄】契诃夫
死屋手记	【俄】陀思妥耶夫斯基

双城记	【英】狄更斯
洪堡的礼物	【美】索尔·贝娄
局外人	【法】加缪
一九八四	【英】乔治·奥威尔
世界末日之战	【秘鲁】马里奥·巴尔加斯·略萨
圣殿	【美】福克纳
魔山	【德】托马斯·曼
暗店街	【法】帕特里克·莫迪亚诺

第四辑

飘	【美】玛格丽特·米切尔
海底两万里	【法】儒勒·凡尔纳
罪与罚	【俄】陀思妥耶夫斯基
了不起的盖茨比	【美】菲茨杰拉德
交际花盛衰记	【法】巴尔扎克
少年维特的烦恼	【德】歌德
一个女人一生中的二十四小时	【奥地利】斯蒂芬·茨威格
奥吉·马奇历险记	【美】索尔·贝娄
美妙的新世界	【英】阿道斯·赫胥黎
英国病人	【加拿大】迈克尔·翁达杰

第五辑

简·爱	【英】夏洛蒂·勃朗特
虹	【英】D.H.劳伦斯
坟墓的闯入者	【美】福克纳
雨王亨德森	【美】索尔·贝娄
汤姆·索亚历险记	【美】马克·吐温
你好，忧愁	【法】萨冈
茵梦湖	【德】施托姆
上尉的女儿	【俄】普希金
莎士比亚悲剧选	【英】莎士比亚
施尼茨勒中短篇小说选	【奥地利】阿图尔·施尼茨勒

第六辑

动物农庄	【英】乔治·奥威尔
八十天环游地球	【法】儒勒·凡尔纳
纯真年代	【美】伊迪丝·华顿
呼啸山庄	【英】艾米莉·勃朗特
当代英雄	【俄】莱蒙托夫
德伯家的苔丝	【英】托马斯·哈代
失窃的孩子	【美】凯斯·唐纳胡
格列佛游记	【英】乔纳森·斯威夫特
小人物，怎么办？	【德】汉斯·法拉达
罗马爱经	【古罗马】奥维德

第七辑

金钵记	【美】亨利·詹姆斯
红与黑	【法】司汤达
有产者	【英】约翰·高尔斯华绥
萨宁	【俄】阿尔志跋绥夫
月亮和六便士	【英】毛姆
包法利夫人	【法】福楼拜
城堡 变形记	【奥地利】弗兰茨·卡夫卡
恶之花	【法】波德莱尔
大卫·科波菲尔	【英】狄更斯
泰戈尔经典诗选	【印】泰戈尔